I0631122

BURBERO DI MONTAGNA

PADRE SINGLE AUTORITARIO
BOOK 2

WILLOW FOX

ALLISON WEST

SLOW BURN PUBLISHING

IN QUESTO LIBRO

So che è venuta qui per giudicarmi. Bene, può essere mia ospite...

Un tipico padre single probabilmente ti direbbe che ha molto da fare. E non starebbe mentendo.

Ma avrebbe anche un intero lodge sciistico da gestire oltre a tutto il resto?

Non credo proprio.

Sarò anche un miliardario, ma credimi, trasformare il Blue Sky Resort di Breckenridge, Montana, in una destinazione imperdibile per gli sciatori non è stato affatto semplice, nemmeno per me.

E la mia quindicenne non sta certo rendendo le cose più facili.

Doveva *proprio* fare amicizia con la donna che ha fatto una scenata sui nostri prezzi nel bel mezzo del negozio di souvenir?

Certo, Cali Sinclair *è* una famosa vlogger di resort, e Julianna non smette di parlare di app, influencer e social media, ma non potrebbe trovare un'altra influencer per cui fare uno stage?

Qualcuna che non mi faccia innervosire ad ogni occasione?

Come se non bastasse, la donna continua a inciampare ovunque. Se non sto attento, prima che me ne accorga, potrei ritrovarmi con una causa legale tra le mani.

Per ora, le devo solo una cena.

Un pasto tranquillo. Un'ora, forse due, di conversazione civile.

La domanda è: possiamo passare una serata senza saltarci alla gola?

Con mia sorpresa, scopro che sì, possiamo.

Ma non sono sicuro che questo risultato mi piaccia di più...

Perché ora sto iniziando a desiderare che lei continui a cadere.

Dovrò semplicemente essere lì per prenderla al volo ogni volta...

Il Burbero di Montagna è un romanzo autoconclusivo senza cliffhanger, senza tradimenti e con un lieto fine garantito.

ONE

Logan

«GIURO che se sento un'altra lamentela dai turisti, me ne vado da questo resort e non torno mai più» brontolo.

«Essere proprietario di una stazione sciistica è davvero così terribile?» chiede Levi al telefono.

Siamo amici da quando abbiamo servito insieme nell'esercito. Tuttavia, non ci vediamo molto spesso. E non è per i soldi. Levi ha ereditato l'azienda di suo padre, una catena di hotel globale.

Io ho fatto alcuni investimenti iniziali in alcune aziende tecnologiche di cui non avevo mai sentito parlare e pensavo che sarei stato fortunato se avessi avuto abbastanza per la pensione tra quarant'anni. Invece, ho finito per diventare miliardario.

Immagino di essere stato fortunato.

La mia fortuna però sembra essere finita.

Ho comprato una stazione sciistica in Montana. Il posto aveva bisogno di ristrutturazioni e quella che pensavo sarebbe stata la parte difficile è terminata. Solo che non è stata una passeggiata. I costruttori hanno superato il preventivo originale come fosse acqua e hanno trovato ogni spesa possibile da aggiungere.

Non li assumerei mai più, ma il posto è quasi finito. A quattro volte il budget previsto. E devo in qualche modo recuperare i soldi. Aggiungere qualche dollaro al biglietto per una tassa d'ingresso aiuta, ma ci vorranno anni per recuperare il mio investimento.

«Oh, la logistica è ottima. Il resort in sé è stupendo. È come casa tua moltiplicata per tre.»

Levi ridacchia. «Stiamo davvero misurando quanto sono grandi le nostre case per confrontarle?»

Lascio correre l'allusione. Non intendevo quello, ovviamente..

«Come sta Julianna?» chiede Levi.

Julianna ha quindici anni ed è pronta per il college. Vuole andare a studiare fuori, trasferirsi all'estero se possibile, e stare il più lontano possibile dal suo vecchio.

Non sono entusiasta di questa soluzione, e solo perché ho i soldi non significa che li butterò per un'educazione incentrata sul bere e divertirsi tutto il tempo.

Se venisse ammessa in una scuola di prim'ordine, mi occuperei della retta, ma non andrà a Oxford con la sua attuale media. E non la lascerò volare in Inghilterra o a Parigi per ottenere la stessa laurea che potrebbe prendere qui, solo perché vuole viaggiare per il mondo.

Può prendersi un anno sabbatico se è quel che vuole.

Ma non lo finanzierò io.

Non vengo da una famiglia ricca, e non voglio che pensi che i soldi non siano guadagnati con fatica, anche se io sono stato fortunato.

«È in vacanza» dico, grattandomi la nuca. «La nuova scuola l'ha un po' sopraffatta, credo. Dovresti venire con Amelia. Julianna sarebbe felice di vederla.»

«Pensi di avere spazio per noi a casa tua?» chiede Levi, prendendomi in giro.

«Credo che possiamo risparmiare una stanza. Voglio dire, potrei farti pagare il doppio, dato che sono sicuro che sarai il più grande rompiscatole dell'intero lodge.»

«Non posso essere peggio delle nonne che cercano di portare i nipoti a sciare» dice Levi.

Non ha torto.

Julianna è senza fiato, corre verso di me entrando nel mio ufficio. «Devo andare.» Riattacco prima di poter salutare Levi come si deve. Capirà.

«Cosa c'è che non va?» chiedo, guardandola dalla testa ai piedi. Perché diavolo sta correndo in giro?

«La hall là fuori è incredibilmente piena di gente, e tu sei qui a nasconderti» si lamenta Julianna. «Non posso credere che mi fai lavorare al banco.»

«Non ti sto facendo lavare i pavimenti, mi sembra.» Mamma mia, la ragazzina sa come esagerare.

«Occupati tu dei clienti, papà. Vedi com'è stare dietro al banco vero, non nel tuo ufficio.»

Oggi è sarcastica. Deve essere al limite della sua sopportazione.

«Va bene.» Spingo indietro la sedia, giro intorno alla scrivania ed esco dall'ufficio. Percorro il corridoio fino alla hall, dove mezza dozzina di ospiti sta aspettando di registrarsi al banco noleggio sci.

Sospiro e reindirizzo gli ospiti verso il lato corretto dell'edificio. Abbiamo un hotel sul lato est, e sul lato ovest c'è la stazione sciistica, che è aperta al pubblico. Non è così difficile da capire. Cartelli e mappe sono sparsi per tutto l'edificio, ma la disposizione è nuova, e alcune persone non amano i cambiamenti.

Mi consulto con Wyatt, mio fratello, per assicurarmi che l'attrezzatura da sci venga gestita correttamente. Quando gli ospiti noleggiano gli sci, devono consegnare la patente, che conserviamo fino alla restituzione dell'attrezzatura.

Tutto sembra in regola, ma sta affogando cercando di aiutare gli ospiti abbastanza velocemente mentre la coda per il noleggio dell'attrezzatura continua a crescere.

E non pagano all'interno dove noleggiano gli sci. Abbiamo uno stand separato per il pagamento quando gli ospiti entrano. Dovrebbe essere impostato per facilitare, ma non sono sicuro che sia il metodo migliore. Stiamo ancora cercando di capire quali possano essere le soluzioni ai vari problemi che scopriamo giorno dopo giorno.

Julianna si affretta dietro il bancone per aiutare a distribuire gli scarponi da sci. Siamo al completo per essere un martedì, ma è anche la pausa invernale per i ragazzi di Breckenridge e delle città circostanti. Manca appena una settimana a Natale. Dove è andato a finire l'anno?

Copro il banco dell'attrezzatura per un paio d'ore. Quando finalmente il ritmo rallenta, attraverso il corridoio per prendere una bottiglia d'acqua dal mio frigorifero.

«Non posso credere a questi prezzi!»

Sento la voce di una donna dal nostro negozio.

Dovrei semplicemente lasciar perdere e ignorare le

lamentele della donna. Pensava forse di andare in vacanza e non spendere un centesimo?

Tuttavia, gestisco io quel posto e devo prendere sul serio i reclami e i problemi dei clienti. Anche Julianna mi ha ricordato che, se non ascolto ciò che vogliono gli altri, non posso aiutare a risolvere le cose. La ragazzina è troppo intelligente e potrebbe crearle più guai che altro.

«Posso aiutarla?» rispondo bruscamente.

Ci sono due commessi in servizio. Uno è sistemato dietro la cassa, l'altro sta piegando magliette, e sgrana gli occhi quando mi nota. Immagino che il personale non si aspetti necessariamente che il proprietario sia così presente, ma non ho intenzione di starmene seduto nel mio ufficio tutto il giorno.

Mia figlia non me lo permetterebbe comunque, anche se lo volessi.

«Trecento dollari per una giacca è assurdo. Ci può credere?» sbuffa la brunetta. «È un vero furto. Non sono venuta qui per farmi fregare.» Rimette bruscamente il parka da sci sulla gruccia.

«È inverno, e si trova in una stazione sciistica. Cosa si aspettava?» ribatto seccamente.

«Potrei comprare lo stesso cappotto in un grande magazzino a metà prezzo.»

«Beh, allora forse dovrebbe farlo. Vorrà anche ricamare *Breckenridge* sul davanti,» dico, indicando la personalizzazione che molti turisti apprezzano.

«Potrei farlo da sola a metà prezzo,» sbuffa. «E i biglietti per la seggiovia, mio Dio, le famiglie avranno bisogno di un secondo mutuo se vogliono anche noleggiare l'attrezzatura. Ho sentito che c'è un nuovo proprietario. È come se volesse scuoterti le tasche e rubarti tutti i soldi del pranzo mentre sei sulla seggiovia.»

Testarda.

«Nessuno la sta costringendo a prendere la seggiovia o andare sulle piste. C'è molto da fare in città se è qui per una bella vacanza rilassante.»

Perché sto ancora conversando con questa donna? È un guaio. Posso letteralmente sentire l'intensità e il calore del suo sguardo azzurro infuocato.

«Beh, potrebbero non essere costretti, ma questa è una stazione sciistica, e i corsi poi... non mi faccia iniziare sui costi per imparare a sciare. Le lezioni sono esorbitanti.»

«Non tutti hanno bisogno di un corso. Ci sono le piste per principianti per chi sta iniziando.»

«Viene qui spesso?» chiede Occhi Azzurri, squadrandomi dalla testa ai piedi.

Faccio un cenno brusco. «Si potrebbe dire così.»

«Abbonamento stagionale, eh?» indovina.

Si sbaglia, ma non la correggo.

«Le piaceva di più questo posto prima che il nuovo stronzo di un proprietario subentrasse e cambiasse tutto? Ho sentito che è un vero rompiscatole con i dipendenti. Non concede loro tempo libero e li fa lavorare con infiniti stradordinari. Ha notato qualcosa del genere?»

«Non posso dire di averlo notato,» borbotto.

«Oh, bene,» dice la donna, sorridendomi. È tutta sorrisi, e io sono la tempesta sul punto di rovinarle la giornata. Mi squadra di nuovo dalla testa ai piedi. «Il servizio qui lascia a desiderare, se vuole il mio parere. Ho dovuto aspettare venti minuti per entrare nella fila giusta per il check-in.»

«Ha seguito le frecce gialle sul pavimento?» ringhio

mentre le mie mani si chiudono a pugno lungo i fianchi.

«Che frecce?» Alza le spalle, non avendo notato le scritte gialle e arancioni brillanti sul pavimento che indicavano la direzione del *check-in ospiti*.

«Alcune persone non sanno leggere,» mormoro.

Come può essere colpa mia? Se non riesci a seguire le istruzioni e ci metti il doppio del tempo, è un problema tuo.

Lei guarda l'espositore successivo, con maglie in tinta unita a maniche lunghe da donna. «Settanta dollari?» Ride del l'etichetta del prezzo. «Ne vale trenta.»

«È mai stata in un *resort* sciistico?» chiedo, enfatizzando il fatto che si tratta di una destinazione vacanziera per persone che amano la neve. La gente vola qui da tutto il mondo. Almeno, questa è la speranza. «Quanto pensava che costassero i vestiti in un posto come questo?» aggiungo, con un tono più tagliente di quanto intendessi.

«Oh, non saprei. Non vado mai veramente nei resort sciistici. Di solito sono da vacanze al mare e cose del genere. Sono un'influencer.»

«Un'influencer? Chi diavolo stai influenzando, gli adolescenti, su quell'app del cavolo?» sbuffo, infastidito. Questa donna mi sta facendo sprecare tempo.

Lei stringe le labbra. «Quello che faccio è più un *vlogging*. Ma sono nota per dabblare.»

«Ma certo...» mormoro. Che diavolo è il *vlogging*? Devo tornare al lavoro. Mi giro e mi dirigo verso l'uscita del negozio senza nemmeno un saluto o congedarmi.

«Papà!» mi chiama Julianna, uscendo da dietro il bancone.

Mi fermo e mi volto, aspettando che mia figlia mi raggiunga. Ho il coraggio di chiederle di che si tratta?

«È Cali Sinclair?» chiede Julianna, con gli occhi spalancati.

«Non lo so. È una celebrità o qualcosa del genere?» Non ho mai sentito parlare della donna di cui Julianna mi sta chiedendo.

«Cali Sinclair è una blogger di viaggi. Recensisce quelle che saranno le prossime destinazioni migliori per una vacanza. Qualsiasi cosa finisca nei suoi post diventa sempre virale. Fanno il tutto esaurito per mesi se la recensione è buona! Se invece è negativa, praticamente li distrugge.»

Non credo che abbia tutto questo potere. È una donna con un telefono, forse un computer.

«Vado a scoprirlo, papà. Abbiamo bisogno della migliore pubblicità possibile!» squittisce Julianna e si affretta attraverso il corridoio. Le afferro il braccio per fermarla, ma lei sguscia via e si precipita verso la donna.

Non riesco a guardare. Torno al mio ufficio. Ho questioni più importanti di cui occuparmi che richiedono la mia attenzione, e cercare di impressionare una ragazza a cui piace fare video di balletti non mi aiuterà a realizzare un profitto.

————

Non ho mai preso quella bottiglia d'acqua.

Il mio ufficio è freddo; le bocchette sono aperte e il riscaldamento è al massimo. Il resto del lodge è abbastanza caldo, il che significa che il calore non filtra correttamente nell'ufficio.

Qualcosa di cui mi occuperò un altro giorno.

Esco a grandi passi dalla stanza, dirigendomi verso la sala comune per un caffè.

La brunetta di prima è seduta vicino alla macchina del caffè, con la gamba sollevata e una borsa di ghiaccio che si scioglie più velocemente di un gelato.

Deve essersi fatta male mentre era sulle piste.

«Ehi, non ho capito il tuo nome,» dice la donna mentre le passo davanti a grandi passi.

Avrei dovuto prendere un caffè dalla caffettiera nella stanza sul retro, dove non avrei dovuto interagire con gli ospiti. Errore mio.

Ma il caffè nella sala comune è mille volte migliore. Digito il codice per il caffè che voglio e poi il codice amministratore così non devo pagare cinque dollari per una tazza di caffè normalissima. Mi permette di evitare di mettere soldi nella macchinetta.

Prendo la tazza bollente e lancio un'occhiata alla brunetta. «Non l'ho detto,» rispondo. È carina, ma c'è spazio solo per un brontolone in questo lodge. Mi getterei giù dalle piste nere piuttosto che passare altri cinque minuti ad ascoltare le sue lamentele.

«Puoi prendermi un caffè?» chiede, e alza una banconota da cinque dollari.

«Certo.» Afferro i soldi e me li metto in tasca mentre digito il codice, prendendole lo stesso caffè che ho io. «Ppanna e zucchero?»

«Sì, grazie.» Si illumina mentre le porgo la tazza.

«Grazie,» dice, prendendo un sorso.

«Prima volta sulle piste?» chiedo, guardando la sua caviglia.

«Oh, questo? No, è stato per colpa dei tacchi.»

«Sul serio? Chi diavolo indossa i tacchi in una stazione sciistica?» La guardo da capo a piedi, e mentre indossa ancora i suoi leggings blu navy e la maglia rosa, ha un paio di stivali con i tacchi accanto alla sedia.

Chi diavolo ha inventato stivali che non si possono indossare in inverno?

«Non sono venuta qui per sciare,» dice.

Mi appoggio, sporgendomi su una delle sedie, dandole la mia completa attenzione. Non sono sicuro del perché. Dovrei tornare nel mio ufficio e lasciare in pace quella pazza. Non mi sta facendo nessun favore, ma mi fa mettere in dubbio la mia sanità mentale.

«È venuta qui con questi stivali alla moda per usare l'app e cercare di diventare virale?»

«Qualcosa del genere. Sono Cali, diamoci del "tu",» dice, tendendo la mano per presentarsi.

«Logan,» mormoro, e le stringo la mano prima di prendere un altro sorso di caffè. Ho bisogno di un espresso, qualcosa di più forte per rimanere concentrato questo pomeriggio.

«Immagino che non ti piaccia sciare?»

«Perché lo dici?» chiedo. Finendo la tazza vuota di caffè, la lancio nel cestino vicino e digito le cifre nella macchina. Questa volta, mi preparo un doppio espresso.

Cali osserva affascinata. «Sei al chiuso in una giornata gelida e nevosa. Tempo perfetto per sciare. Anche il tipo di clima che detesto.»

«Perché venire qui allora?»

«Te l'ho detto, per lavoro. Sono un'influencer.»

«Giusto.» Non riesco a immaginare chi dovrebbe influenzare. Chi l'ascolterebbe? «Il tuo lavoro non ha senso. Non dovresti provare qualcosa prima di giudicarla?»

«Non sto recensendo le piste da sci.»

«Ma è per questo che la gente viene al Blue Sky Resort. Non vengono per il caffè o le giacche nel negozio in fondo al corridoio. Vengono per l'esperienza di sciare o fare snowboard sulle piste.»

«Concordiamo di non essere d'accordo, allora,» dice Cali.

Non posso sopportare più questa donna. Il mio espresso è pronto, e lo prendo dalla macchinetta. Dovrei tornare nel mio ufficio. «Ripensandoci,» dico, valutandola. «Con la tua caviglia infortunata a causa dei tacchi, sei un pericolo. Stai lontana dalle piste.»

I suoi occhi si stringono, e il suo naso si arriccia. «Perché ti interessa? Lavori qui? Aspetta, sei Logan Henderson?»

Porto l'espresso alle labbra e mi giro, uscendo dalla

sala comune prima che possa assalirmi con altre domande.

«Papà!» Julianna mi rincorre lungo il corridoio. Rallento per far sì che mi raggiunga mentre sorseggio l'ultimo goccio di caffè. «Oh mio Dio, Cali è davvero fantastica!»

Emetto un gemito, desiderando che quella donna minacciosa non fosse mai apparsa al lodge. Chi viene in una stazione sciistica e non ha intenzione di sciare?

«Non adesso, Jules,» le dico bruscamente.

Julianna smette di camminare e incrocia le braccia sul petto. «Papà, devi per forza togliere la gioia da tutto?»

Le sue parole mi feriscono profondamente. Non intendevo fare nulla di offensivo. Perché mi abbaia contro? «Che c'è?»

«Ho mostrato a Cali i video che ho fatto, ed è rimasta colpita. Mi ha invitato a fare uno stage con lei quest'estate,» strilla Julianna. Non l'ho mai vista così felice. Beh, non da quando sua madre ed io abbiamo divorziato.

Sta saltando su e giù, gli occhi radiosi come il sole. «Devi lasciarmi andare, papà! Per favore!»

«Non devo fare niente. Dove sarebbe?»

«California.»

«Ovviamente,» borbotto. «Cali viene dalla California. È davvero il suo vero nome?»

«Non lo so.» Julianna si stringe nelle spalle.

«Cosa sai veramente di questa donna?» le chiedo, guidando Julianna nel mio ufficio. Chiudo la porta, non volendo che qualcuno ascolti la nostra conversazione privata.

«Cosa c'è da sapere? Mi ha offerto di insegnarmi tutto sul vlogging e su come diventare un'influencer. È fantastico, papà. Devi dire di sì. Per favore. Voglio diventare un'influencer. Posso guadagnare un sacco di soldi e non dovrai più mantenermi.»

Mi strofino gli occhi, cercando di non alzarli al cielo. «Fare l'influencer non è un lavoro. È un hobby.»

«Non lo sai,» ribatte. «Dovresti parlare con Cali.»

«L'ho già fatto,» sibilo, e non c'è modo che io permetta alla mia quindicenne di frequentarla durante le vacanze estive del prossimo anno. Non solo non mi fido della donna perché è un'estranea, ma non voglio nemmeno che Julianna si faccia strane idee sul poter diventare una vlogger.

«Aspetta, davvero? Ti ha chiesto del mio stage con lei?»

«No,» ringhio, e faccio cenno a Julianna di sedersi di fronte a me sulla sedia vuota vicino alla mia scrivania. Mi appoggio alla scrivania, ma non posso sedermi per questa conversazione.

«Oh.» Il volto di Julianna si rabbuia. «Sapevo che avrei dovuto aspettare di chiedertelo quando eri di buon umore, ma tanto non succede praticamente mai.»

La ragazzina è insolente oggi. Probabilmente fa parte dell'essere adolescente, degli ormoni o qualcosa del genere. Non è stato facile, solo noi due. Sua madre non ha nemmeno chiesto l'affidamento congiunto quando abbiamo divorziato. Mi ha lasciato Julianna ma voleva la casa in Grecia. Come se nostra figlia meritasse uno scambio così squallido.

Jess mi irrita ancora, il solo pensiero di lei. Non voglio un'altra Jess attorno a Julianna, e temo che

Cali non sia da meno, con la testa fra le nuvole, pronta a convincere la mia innocente figlia che può diventare la prossima grande influencer e andare virale.

«Possiamo parlare di uno stage in futuro, ma non sarà con una ragazza qualunque che si presenta al nostro lodge,» dico. «Non fraternizziamo con gli ospiti.»

«Cosa significa, papà? Mica ci vado a letto.»

Trattengo una risata. Grazie al cielo, perché sarebbe comunque troppo grande per avere una relazione con mia figlia. «È questo il punto, una cotta?» chiedo.

Julianna non ha mai fatto mistero delle sue cotte per le ragazze. Ne ha avute più per le ragazze che per i ragazzi nel corso degli anni. Penso che stia ancora scoprendo la sua sessualità, e non è qualcosa di cui voglio discutere con una quindicenne. Può frequentare chi vuole, purché io incontri e approvi le persone con cui esce.

E non approvo Cali. È più vicina alla mia età. Beh, a metà strada. Io ho quarantatré anni. Lei quanti ne ha, forse venticinque? La cercherò più tardi quando mia figlia non mi starà fulminando con lo sguardo.

«Cali non è una cotta. Voglio dire, morirei se mi guardasse in quel modo, ma ha quattordici anni più di me, papà. Tipo... che schifo.»

Rido e faccio il calcolo mentale. Ciò significa che Cali ha ventinove anni. Quindici meno di me.

Perché m'importa?

Non è che sia interessato a frequentarla.

Assolutamente no. Ho giurato di tenermi lontano dalle donne da quando Jess mi ha distrutto il cuore, ballandoci sopra, calpestandolo e poi scaricando quel che ne restava nel water.

Se non fosse per Julianna, probabilmente odierei tutte le donne. Ma amo mia figlia, anche se non sa qual possa essere la sua strada. È per questo che sono qui, per ricordarglielo e mantenerla sulla retta via.

«Comunque, papà, Cali ci ha invitato a cena stasera.»

«Cosa?» ringhio. Ne ho sentite abbastanza. «Torna al lavoro.»

«Dai. Non puoi dire di no. Le ho già detto che ci sarei andata, e vuole conoscerti.»

Le mie mani si serrano a pugno. I bicipiti fremono di rabbia. «Ci siamo già incontrati.» Non ho bisogno di passare un pasto con quella donna per sapere che non voglio mia figlia vicino a lei. «E non dovresti prendere decisioni senza di me.»

«È solo una cena, e si tiene nel tuo ristorante. Non è che stia andando a casa sua in mezzo al nulla.» La sua voce si alza, ma non mi sta urlando contro. Julianna è irritata, le guance sono rosse, e i suoi capelli scuri raccolti in uno chignon sono disordinati e stanno iniziando a sciogliersi e ricaderle intorno al viso.

Ha ragione. Non mi sto comportando in modo equo. Se vuole cenare con qualcuno al lodge, non glielo impedirò. Diamine, sarei un ipocrita se lo facessi. Le ho sempre detto di fare amicizia e di mettersi in gioco. Solo che non mi aspettavo che lo facesse con un'adulta fatta e finita.

«Puoi cenare con lei. Io ho del lavoro da fare.» Mi alzo dalla scrivania e mi sistemo sulla poltrona di pelle, mettendomi bene a sedere per sottolineare il concetto. Salterò la cena se necessario, ma molto probabilmente prenderò qualcosa e lo porterò nel mio ufficio.

«Va bene, fa' pure il brontolone,» dice Julianna, e se ne va sbattendo la porta del mio ufficio.

«Adolescenti,» borbotto.

«Papà brontoloni!» urla Julianna di rimando.

TWO

Cali

LA RAGAZZINA che ho conosciuto questo pomeriggio era dolce e carina. Mi ricorda un po' me stessa alla sua età.

Rimango seduta sulla poltrona imbottita nella sala. Non ce ne sono molte così comode, e dato che ho la gamba sollevata su un poggiapiedi, non voglio rischiare che qualcuno mi rubi il posto se mi alzassi.

Cosa che non mi fa piacere, perché devo andare a fare pipì urgentemente.

Il caffè non ha aiutato.

Ma aspetterò fino a cena e me ne occuperò allora.

Inoltre, dovrebbe ora di andare ormai. Il mio orologio si è rotto quando mi sono fatta male alla caviglia, un evento che assomigliava più a una caduta sul pavimento di quanto mi piaccia ammettere.

Sono inciampata, ho rotto un tacco e mi sono procurata un livido al ginocchio oltre a una storta. Ho una fortuna incredibile con i tacchi.

«Cali!» Jules mi saluta con la mano quando mi vede e corre verso di me. «Pensavo ci saremmo incontrate vicino al ristorante?»

«Oh, era quello che dovevamo fare. Mi dispiace, il mio orologio si è rotto e il mio telefono è scarico.» Le mostro lo schermo spento.

«Accidenti. Mio padre si arrabbierebbe tantissimo se rimanessi con il telefono scarico. Così non potrebbe contattarmi.» Mi lancia un sorriso malizioso prima di guardare la mia caviglia. «Hai bisogno di aiuto per arrivare al ristorante?»

«Penso di potercela fare,» dico, e faccio una smorfia quando mi alzo e metto pressione sulla caviglia.

È doloroso, e mi mordo il labbro inferiore per

soffocare l'agonia. Ho avuto di peggio. Sono una maldestra. Succede.

Jules mi offre la sua spalla. «Puoi appoggiarti a me,» dice.

È una brava ragazza.

«Ci troviamo prima con tuo padre per andare a cena?» chiedo. «Forse può aiutarci ad arrivare al ristorante.» Sto solo scherzando a metà. È dall'altra parte del lodge, ma almeno non è una camminata in salita.

«No, non può venire. È occupato,» dice Jules.

«Oh, capisco. È ancora sulle piste?» Sono sorpresa che non si unisca a sua figlia durante la vacanza.

«No, ha del lavoro da fare.»

«Oh.» Annuisco. Probabilmente deve occuparsi di cose dell'ufficio nella sua camera d'albergo. «Magari verrà giù quando avrà finito e si unirà a noi.»

«Forse.» Si sforza di sorridere, e non riesco a immaginare come qualcuno possa deludere questa ragazza.

Jules mi aiuta ad attraversare l'enorme sala del lodge fino al corridoio. Abbiamo ancora parecchia strada da fare, e sto facendo un sacco di smorfie ma almeno trattengo i gemiti. Non voglio preoccuparla o spaventarla al punto da chiamare aiuto. Sono sicura che domani mattina starò meglio.

Cerco di non mettere troppo peso sulle spalle di Jules mentre zoppico verso il ristorante. «Per quanto tempo restate in vacanza a Blue Sky?» chiedo.

«In vacanza?» Inizia a ridere istericamente. «Cali, io vivo qui.»

«Oh, wow. Interessante. Non sapevo che ci fossero dei condomini nel resort.»

«Beh, ce n'è uno per i proprietari,» dice Jules.

Tossisco e mi schiarisco la gola. «Aspetta.» Smetto di camminare. Non riesco a tenere il passo con la conversazione e allo stesso tempo muovermi fisicamente mentre cerco di comprendere quel che sta dicendo. «Tuo padre è Logan Henderson?»

«Esatto.» Annuisce e indica il corridoio. «Se non continuiamo a camminare, non arriveremo prima di domani mattina.»

«Molto divertente,» dico, e la spingo leggermente. Attraversiamo la sala principale e giuro che diventa sempre più grande man mano che la percorriamo, ma dobbiamo ancora passare per il lungo corridoio tortuoso tra la stazione sciistica e il lodge per raggiungere il ristorante. «Forse dovresti andare a prendere un tavolo prima che non ci sia più posto .»

«Non sono sicura che ce la farai,» dice Jules, e tira fuori il telefono.

«Chi stai chiamando? Starò bene.» Non voglio che chiami il 911 o altro per una caviglia slogata. Non è un grosso problema. Non è la prima volta che sono maldestra.»

«Papà,» dice Jules, «ho bisogno del tuo aiuto. Cali si è fatta male.»

Un minuto dopo, chiude la chiamata, e i suoi passi pesanti rimbombano nel corridoio.

«Jules, stai bene?»

«Io sto bene. È Cali,» dice, indicandomi. «Ho cercato di aiutarla ad arrivare al ristorante, ma abbiamo bisogno di stampelle o di una sedia a rotelle. C'è qualcosa qui intorno che possiamo usare?»

Logan mi guarda da capo a piedi. «La caviglia ti dà fastidio?»

«Beh, di certo non è molto gentile,» rispondo sarcastica.

Non sembra divertito. «Ecco, ti prendo io,» dice, e mi solleva, portandomi tra le sue braccia.

«Signor Henderson, non è necessario,» dico, cercando di non ridere. Premuta contro il suo petto, sento che ha un profumo fantastico, di pino e quercia. I suoi bicipiti sono enormi, e il suo petto è solido come la roccia, tutti addominali. Non ho bisogno di vederlo per sentirlo contro di me.

«Metti le braccia attorno al mio collo,» mi ordina mentre mi porta con facilità lungo il corridoio, e in meno di un minuto, arriviamo al ristorante. Superiamo la lunga fila di ospiti in attesa di un tavolo.

Alcune persone borbottano la loro insoddisfazione mentre mi porta sul retro del ristorante. C'è un tavolo riservato che di solito ospita quattro persone, con un cartello che dice *Riservato*. Posso solo presumere che sia per lui e sua figlia.

Mi adagia delicatamente nel separé, e io sciolgo le braccia dal suo collo. «Ehm, grazie,» dico, sentendomi agitata. Ho le farfalle nello stomaco e non sono sicura del perché. Sono i suoi occhi scuri e tormentati o il modo in cui mi fissa, dritto nell'anima?

«Non serve dire nulla,» risponde, e sento che lo intende davvero. Non vuole che ne parli mai più.

«Sono contenta che ti unirai a noi,» dico.

«Tieni la gamba sollevata nel separé. Vado in cucina a prenderti del ghiaccio fresco.»

«Quello è mio padre,» dice Jules, sorridendo imbarazzata mentre lo indica. «Per favore non odiarlo. È un gran brontolone, ma ti assicuro che io non sono come lui. Se farò lo stage con te, non sarò costantemente scontrosa.»

«Lo spero bene.» Ridacchio. «Sono sicura che tuo padre non è così male.» Mi sforzo di sorridere. Quando l'ho incontrato prima, sembrava piuttosto freddo e distante, ma non avevo nemmeno realizzato con chi stessi parlando.

Gemo e mi copro il viso con le mani. «Oh mio Dio,

Jules. Ho praticamente sparlato di questo posto con tuo padre. Il proprietario!»

Come diavolo farò ad ottenere un'intervista con lui dopo quel disastro? Sono fortunata che non mi abbia buttata fuori vietandomi di tornare.

Beh, c'è ancora tempo per mandare a monte l'incarico. Sono sicura che Bridget mi ha mandata qui per vendicarsi. Mi ha detto che avevo bisogno di un cambio di scenario, e che il mio vlogging stava diventando troppo monotono per il loro sito.

In altre parole, noioso.

Logan ritorna, portando una borsa sigillata di ghiaccio avvolta in tovaglioli di carta. «La tua gamba dovrebbe stare sollevata più in alto,» mi rimprovera.

«Non posso alzarla di più, ed è già sulla panchina.»

Appoggia il freddo impacco di ghiaccio sulla mia caviglia, e io faccio una smorfia per il freddo e il contatto iniziale. Quell'altra borsa si era trasformata in acqua calda un paio d'ore fa.

«Buona cena,» dice Logan.

«Papà, aspetta! Sei già qui.»

La sua mascella è ferma e tesa.

«Per favore,» dico, facendogli cenno di sedersi di fronte a me e accanto a sua figlia, dato che la mia gamba occupa il resto del separé.

Sospira e cede, unendosi a noi al tavolo. «Ho molto lavoro da fare, signorina,» dice, fulminando Jules con lo sguardo.

Lei sorride e si siede dritta, con le spalle all'indietro come se fosse orgogliosa del suo risultato.

Apro la bocca ma poi la richiudo. Devo stare attenta a come procedere. Quando ho invitato Jules a fare uno stage, non sapevo che suo padre fosse il proprietario del resort.

Da quello che so di Logan Henderson, è un miliardario. Si è arricchito partendo dal basso ed è single, anche se questa è più una mia supposizione, basandomi sul fatto che non porta la fede nuziale.

Non posso presumere nulla. Potrebbe averla portata dal gioielliere a farla ridimensionare.

Jules non ha menzionato sua madre, e questo non è il momento di chiedere.

«Mi dispiace per prima,» dico, guardando Logan, sperando che possiamo superare l'imbarazzo.

Una cameriera si avvicina, portando tre bicchieri d'acqua insieme a posate e menù.

Logan prende il suo bicchiere e beve un sorso, i suoi occhi non lasciano mai i miei. «Continua,» dice.

Non avevo intenzione di elaborare, ma se vuole delle grandi scuse, mi rassegnerò e gliele darò per accarezzargli l'ego. Anche se non è l'unica cosa che mi piacerebbe accarezzare.

Mi mordo il labbro inferiore, cercando di domare i pensieri ribelli.

Ha una figlia adolescente. Per quanto ne so, potrebbe essere felicemente sposato. Anche se sua moglie non è scesa per cena.

Interessante.

Forse *è* single.

Logan alza un sopracciglio quando non dico nulla. «Stavi dicendo,» mi incoraggia, volendo che continui con le mie scuse.

Bastardo.

Quasi non voglio continuare a scusarmi, perché se ha bisogno che il suo ego venga accarezzato, allora che tipo di uomo è?

«Stavo dicendo che mi dispiace per aver parlato troppo prima. A volte lascio che la mia bocca corra prima che ci possa pensare.»

Jules ridacchia. «Mi piace, papà.»

«Sì, proprio il tuo tipo,» mormora.

Esalo un profondo sospiro. Non l'ho invitato a cena per litigare con lui. Tecnicamente, non ho invitato *lui* a cena. Ho invitato il padre di Jules. Semplicemente, non avevo capito che fossero la stessa persona.

Accidenti. Imbarazzante. Sarebbe stato meglio buttarmi giù dalle piste da sci senza attrezzatura. Lasciare che la mia caviglia si sacrificasse. Beh, forse il mio intero corpo.

«Comunque,» dico, cercando di cambiare argomento, «tua figlia mi stava dicendo che è interessata a quello che faccio per vivere.»

Logan sorseggia nuovamente la sua acqua, e mentre l'appoggia sul tavolo, il suo sguardo si indurisce. «Non considererei quello che fai una di carriera.

Dovresti dire a mia figlia che non è un modo per guadagnarsi da vivere, che vivi di stipendio in stipendio, e che ci sono opportunità migliori là fuori.»

Sono sconcertata dalla sua franchezza. «Disprezzi quello che faccio,» dico.

«Come ho detto, non ci si può guadagnare da vivere.»

«Vivo comodamente,» rispondo. «Non è stato facile, e il lavoro freelance non mi ha reso molto, ma se scegli di lavorare per l'agenzia o l'azienda giusta, puoi guadagnare anche a sei cifre.»

«Non riempire la testa di Julianna con idee stravaganti,» dice Logan. «È impossibile che tu guadagni sei cifre all'anno.»

«Vuoi vedere i miei estratti conto?» ribatto. Non ho intenzione di mostrarglieli, anche se dovesse dire di sì.

La sua espressione è cupa, e le sue narici si dilatano. «Non è necessario.»

«Tu non mi sopporti, Signor Henderson.»

«Cosa te lo fa pensare? È stato quando hai insultato

il negozio, la nostra ristrutturazione, o quando ti sei buttata a terra per attirare l'attenzione?»

Sbuffo alla sua insinuazione. «Posso aver lasciato intendere che i prezzi del negozio sono sopra la media e che la distinzione tra il lodge sciistico e il resort è confusa. Ma non mi sono gettata a terra per attirare l'attenzione di nessuno, tantomeno la tua.»

Logan si alza in piedi.

«Papà, dove stai andando?» chiede Jules con voce tesa.

«Dove sarei dovuto andare dopo aver portato il ghiaccio alla tua amica,» risponde, lanciandomi uno sguardo sprezzante.

Apro la bocca ma la richiudo rapidamente. Non otterrò la mia intervista stasera. È chiaro. Quell'uomo è lunatico da morire e irritante. Non aiuta il fatto che sia piacevole da guardare, con i suoi capelli scuri e la barba. Giurerei che la sua barba sia più lunga dei capelli corti sulla sua testa.

È attraente, ma non è il mio tipo.

Arrogante.

Sfacciato.

Un miliardario.

Sì, non corro dietro agli uomini, tantomeno a quelli che mi disprezzano. E il Burbero della Montagna mi odia visceralmente. Potrebbe benissimo essere un montanaro, tutto solitario e schivo della civiltà. Sarebbe più adatto rispetto che essere il gestore di una stazione sciistica.

Come diavolo è finito qui, a possedere il Blue Sky Resort?

Forse la storia non riguarda il resort ma l'uomo che ci sta dietro. Mi aiuterebbe a fare la differenza per il mio vlog?

Lascio che il Burbero di Montagna se ne vada infuriato, e Jules sembra affranta.

«Mi dispiace tanto, Cali.»

«Va tutto bene,» dico, e alzo le mani. La ragazza non ha bisogno di spiegazioni. «Ma pensi che potresti farmi un favore?»

I suoi occhi si illuminano. «Qualsiasi cosa.»

«Ho bisogno di fare alcuni video per il vlog. Puoi aiutarmi?» chiedo. Non sono sicura dei posti migliori dove filmare, e mi piacerebbe ottenere alcune riprese dietro le quinte. Con l'aiuto di Jules, potrei avere accesso ad alcune aree dove normalmente non potrei andare.

«Certo, ma non possiamo dirlo a mio padre.»

Stringo le labbra e faccio finta di chiuderle a chiave.

Non dovremmo tenere segreti a suo padre. È un pessimo inizio per guadagnare la sua fiducia e ottenere un'intervista a tu per tu.

Ma ho bisogno dell'aiuto di Jules ancora di più, dato che non posso mettere peso sulla caviglia.

«Va bene. Non credo che tuo padre mi stimi molto.»

Lei ridacchia. «È così con tutti, non solo con te.»

Vorrei chiederle della sua situazione sentimentale e se è single, ma non mi sembra appropriato. Perché dovrei saperlo, se non per pura curiosità? È bellissimo, con i suoi tatuaggi e quella sua aria rude. C'è qualcosa di grezzo e sensuale in lui che mi fa tremare le ginocchia.

Potrebbe essere questo il motivo per cui sono inciampata sui miei stessi piedi. Stavo guardando oltre la mia spalla. Pensavo di averlo visto nel corridoio, ma mi sbagliavo. Era qualcun altro in jeans blu e maglietta grigio scuro.

Quell'uomo è assolutamente peccaminoso.

Non dovrei avere questi pensieri su di lui.

È arrogante.

Testardo.

Una spina nel fianco.

Anche se mi ha portata in braccio lungo il corridoio e mi ha adagiata con tanta delicatezza nel separé, il solo ricordo mi fa arrossire le guance e mi riempie lo stomaco di farfalle.

«Ti senti bene, Cali? Hai il viso tutto rosso e accaldato.»

Afferro il mio bicchiere d'acqua, sperando di rinfrescarmi. «Sto bene. È solo che è passato un po' di tempo dall'ultima volta che ho mangiato qualcosa.»

O che sono andata a letto con qualcuno. Ma quest'ultimo pensiero lo tengo per me.

THREE

Logan

MI SONO SVEGLIATO PRESTO, prima ancora del sole.

«Papà.» Julianna entra nel mio ufficio in pigiama. Indossa dei pantaloni di flanella oversize e una maglia rosso scuro per completare l'insieme. Ha gli occhi pesanti e stringe una tazza di caffè tra le mani.

Potrei aver bisogno anch'io della mia dose di caffeina stamattina.

Alzo lo sguardo dai miei documenti, controllando i numeri per la terza volta. Ho un commercialista che mi aiuta e verifica tutto, ma preferisco mantenere il controllo dei numeri perché devo sapere regolarmente quanto entra ed esce.

«Sì?» chiedo mentre mi distoglie dal mio lavoro.

«Ti va bene se invito un'amica di scuola oggi?»

Un grande sorriso illumina il mio viso. «Sarei felicissimo di conoscere una tua amica.» Da quando ci siamo trasferiti qui durante l'estate, Julianna non ha fatto molte amicizie, o se le ha fatte, non le ha viste al di fuori dalla scuola. Ma adesso ci sono le vacanze invernali, quindi spero che faccia qualcosa di più che lavorare al resort nelle prossime due settimane.

«Izzie è forte, e dice che sa fare snowboard.»

«Uno dei suoi genitori dovrà firmare una liberatoria di responsabilità,» dico.

«Lo so, papà. Non preoccuparti. Izzie è davvero brava sulle piste.»

«Anche in questo caso, ha comunque bisogno del permesso di un genitore o tutore e del modulo compilato.»

Julianna alza gli occhi al cielo e geme. «Va bene. Mi assicurerò che lo faccia.»

«E vorrei conoscere i suoi genitori.»

«Oh mio Dio! Perché devi essere così *cringe*?»

«Cringe?» chiedo, scuotendo la testa. Poso la penna e appoggio le mani sulla scrivania. Da quando mia figlia adolescente è diventata così difficile?

«Tipo, sai... imbarazzante?»

Mi alzo e faccio il giro della scrivania. «Tutti i genitori sono cringe quando hai quindici anni.» Avvolgo mia figlia in un abbraccio e lei geme come se fosse una tortura.

«Non tutti. I genitori di Izzie sono fighi. Suo padre lavora per un'agenzia investigativa. Sono tipo investigatori privati, negoziatori di ostaggi. Salvano la vita alle persone.»

Allento la presa attorno a Julianna. «Come si chiama suo padre?»

«Non lo so. Lavorano entrambi per la stessa azienda.»

«Beh, quando sua madre o suo padre la accompagneranno al resort, vorrei incontrarli.»

«Va bene.» Alza gli occhi al cielo e esce dal mio ufficio.

L'odore del caffè di Julianna permea il piccolo spazio, anche senza di lei. Prendo la mia tazza vuota e mi dirigo verso il lounge.

Cali è seduta di fronte alla macchina del caffè, con un libro in mano. I suoi capelli scuri le incorniciano il viso, e cerco di passare senza doverla salutare.

«Grazie ancora per avermi aiutata ieri sera,» dice.

Mi volto a guardarla mentre posa il libro, con un sorriso luminoso e solare sul volto.

«Non è stato niente.» Digito il codice nella macchina del caffè e aspetto che prepari un latte.

«Portarmi in braccio attraverso il corridoio sì che è stato qualcosa, invece,» dice, insistendo perché riconosca la sua gratitudine.

«Come sta la tua caviglia stamattina?» chiedo. Ha il piede appoggiato sul pouf, ma non sta più usando il ghiaccio.

«Meglio.» Solleva la gamba del pantalone per mostrare una fasciatura elastica. «Tendo ad essere goffa.» Il suo sorriso illumina la stanza, e tutto ciò che voglio fare è ritornare nell'oscurità del mio ufficio.

Perché sono così cupo? Trasferirmi qui avrebbe dovuto aiutarmi a ritrovare il mio equilibrio e a superare Jess, la donna che mi ha spezzato il cuore quando l'ho sorpresa con un altro uomo nel mio letto.

Faccio uno sforzo per sorridere. «Dovresti comprare un paio di scarpe senza tacco nel negozio.»

«No, grazie. Non ho bisogno di spendere soldi per un paio di scarpe sopravvalutate e scomode.»

«In realtà sono piuttosto comode. Julianna ha aiutato a scegliere le pantofole e gli stivali da donna che vendiamo.»

«Beh, allora forse dovrò dare un'occhiata se è tua figlia la responsabile del vostro inventario.»

Toglie il piede dal pouf e mi fa cenno di accomodarmi.

Pensa forse che mi piaccia conversare con lei? Prendo il mio latte, ormai pronto, e valuto l'idea di buttarlo per farmi invece un caffè nero. C'è un limite alla dolcezza che posso sopportare in una mattina, e Cali ha vinto quel premio.

«Siediti.» Cali mi fa cenno di unirmi a lei.

«Ho da lavorare,» dico, e guardo l'orologio.

«Avrai sempre da lavorare. Trova il tempo per i tuoi ospiti.»

In piedi di fronte a lei, emetto un profondo sospiro e sorseggio la mia bevanda. «Dovresti tenere la caviglia sollevata. Io non mi siedo.»

«Va bene» dice con uno sbuffo esasperato, e rimette la caviglia sul poggiapiedi. «Sei sempre così difficile?»

«Sei sempre così esigente?» ribatto.

Un ampio sorriso le illumina il volto. «Sì, assolutamente. Mi rendo conto che non siamo partiti col piede giusto.» Fa una smorfia alle sue parole. «Possiamo ricominciare da capo?»

«Non è un gran problema» dico.

«Per me lo è. Tua figlia è brillante e ha delle ottime idee. Mi stava mostrando i suoi video sul telefono, e sono seria quando dico che vorrei averla come stagista.»

«E io sono serio quando dico che non le permetterò di sprecare il suo talento diventando un'influencer. Sono felice che abbia funzionato per te, ma mia figlia ha bisogno di più struttura. Non può mettersi a rincorrere le farfalle e promuovere l'ultima mania del momento alle menti giovani.»

«È questo che pensi che io faccia?» chiede Cali. Aggrotta la fronte, e sono sicuro di averla offesa, anche se involontariamente. Non può farci nulla se è quello il suo lavoro.

«Ho lavorato con influencer prima d'ora. Tendono tutti ad essere giovani e brillanti ma pensano che il loro valore personale sia legato al numero di follower. Non voglio questo per mia figlia.»

«Lascia che ti intervisti, e poi potrai giudicare il mio lavoro con cognizione di causa.»

«Non avrai nessuna intervista» dico, finendo il resto del mio drink in un solo sorso. «Hai più probabilità di riprendere un orso che fa snowboard in discesa che di farmi parlare davanti alla telecamera.»

Lei accenna un sorriso.

Pensa che io sia divertente.

«Otterrò quell'intervista, signor Henderson.»

Non mi preoccupo di correggerla e dirle che non succederà, neanche da morto. Non frequento i media. Non parlo con la stampa. Odio essere al centro dell'attenzione e sotto i riflettori.

«Ho del lavoro da fare» dico, andandomene dalla stanza senza nemmeno salutarla.

Giuro che posso sentire il calore del suo sguardo mentre mi guarda uscire.

«Papà!» Julianna mi viene incontro mentre gira l'angolo. «Ti stavo cercando. Izzie è qui con sua madre.»

Seguo Julianna attraverso il corridoio verso l'ingresso principale. Izzie è un po' punk, con la sua giacca di pelle nera e gonna di jeans. Ha un pesante eyeliner nero che accentua i suoi occhi azzurri.

«Ciao, sono Logan» dico, tendendo la mano per presentarmi.

«Ariella» dice la donna, «questa è mia figlia, Izzie.»

«Figliastra» precisa Izzie con un sorriso. «Per favore non dirci che ci assomigliamo.»

Non mi sognerei mai di farlo. La ragazza è gotica-punk, e la donna deve avere il suo bel da fare con lei. Posso capirla. Devo preoccuparmi che questa fase possa influenzare mia figlia?

«Izzie ha menzionato che avevi bisogno di farmi firmare un permesso?»

Faccio un sorriso ironicoi. «Questa non è una scuola, ma ho bisogno che un genitore o tutore firmi una liberatoria di responsabilità. È un requisito per tutti gli ospiti.»

«Va bene. Fammi strada.»

La accompagno verso il nostro banco di registrazione, dove gli ospiti solitamente devono pagare un pass giornaliero. Prendo i moduli da dietro il bancone e li consegno ad Ariella. «Vi unirete entrambe a noi oggi?»

«No, solo io» dice Izzie, guardando la sua matrigna compilare i moduli. «Lo faccio da quando ero bambina.»

Dopo che Ariella se ne va, mi assicuro che le ragazze si sentano a loro agio ad andare sulle piste da sole. Izzie ha trascorso molte ore nel resort a fare snowboard, molto prima che io ne diventassi il proprietario. È un sollievo non dovermi preoccupare per loro.

Ricordo a entrambe di restare insieme sui tracciati, poi vado a controllare il resto del personale.

Cali vaga nel negozio, e io la osservo dall'altra parte del corridoio, curioso di vedere se avrà un altro attacco riguardo i nostri prezzi.

Dovrei tornare nel mio ufficio e ignorare la donna che non mi ha causato altro che mal di testa.

Almeno, oggi Julianna è distratta con la sua amica e non sta blaterando su Cali e la sua presenza sui social media. Potrei dovermi chiudere nel mio ufficio e non tornare finché quella donna non lascia il resort.

Quando si dirige verso la cassa con una scatola in mano, lo prendo come un buon segno che non stia litigando con il mio personale.

«Stai sempre nel corridoio a fissare belle donne?» chiede Wyatt.

Lancio un'occhiataccia a mio fratello. «Non so di cosa stai parlando.»

È così evidente?

«Bugiardo» dice Wyatt con una risata. «Jules mi ha raccontato del vostro piccolo battibecco con Cali Sinclair. Hai intenzione di farla ubriacare e convincerla a scrivere un pezzo promozionale su questo posto?»

«Sarebbe poco etico» borbotto.

«Ma molto divertente» ribatte Wyatt. «Non ti ho mai visto così affascinato da una ragazza da quando... beh, a dire il vero, mai.»

Alzo un sopracciglio e mi volto verso di lui.

Non lo dico, ma lui lo sa.

«Jess non era la ragazza giusta per te. Sì, ti ha dato Julianna, ma questo è tutto. Meriti di essere felice.»

Sbuffo al suo commento. Non merito nulla. «Possiamo evitare di parlare di Jess?» Il suo nome sulla mia lingua mi fa rivoltare lo stomaco.

Wyatt sorride come se avessi abboccato all'esca. «Hai intenzione di chiedere a *lei* di uscire? Perché, se ancora non fossi interessato a frequentare una donna, mi piacerebbe provarci io.»

Ringhio e afferro la sua camicia, spingendolo indietro di diversi passi e sbattendolo contro il muro. «Sei uno stronzo,» ringhio.

«Perché mi piace una ragazza?» chiede Wyatt.

«Per aver suggerito di volerci andare a letto. Non la conosci nemmeno. Potrebbe essere sposata.»

«Jules mi ha detto che non lo è.»

Questo cattura la mia attenzione. Perché diavolo mia figlia conosce lo stato della vita sentimentale di Cali? «Anche così, il mio posto di lavoro non è un bordello. Tieni il cazzo nei pantaloni.»

«Wow, solo perché tu non scopi non significa che devi prendertela con il resto di noi.» Wyatt sogghigna e si avvicina. «Se la volevi per te, bastava dirlo. Non ti ho mai visto rosso di gelosia prima d'ora, e non è un bel colore su di te.»

«Torna al lavoro,» sbotto, e mi allontano da lui.

I passi leggeri di Cali si avvicinano mentre mi volto e la vedo venire verso di me. «Sei sempre così burbero con tutti i tuoi dipendenti?»

Wyatt si volta a guardare da sopra la spalla, cogliendo parte della conversazione, e io gli lancio un'occhiataccia indicandogli di continuare a camminare.

«Quel dipendente è mio fratello,» mormoro.

«Oh wow.» Gli occhi di Cali si illuminano. «È anche lui comproprietario?»

Se lei lo dovesse cercarlo per un'intervista e lui accettasse, lo metterò a pulire i bagni a tempo indeterminato.

«No. Lavora per me.» Mi schiarisco la gola e cambio direzione alla conversazione, allontanandola dal suo interesse per Wyatt. «Scarpe nuove?»

Indossa stivali foderati di pelliccia. Sono piatti, il che dovrebbe evitarle un altro infortunio. Sono beige e alla moda. Niente che possa indossare sulle piste, ma non mi aspetto che esca, dopo il recente infortunio alla caviglia.

«Ho seguito il tuo consiglio e me ne sono comprata un paio. Ho anche usato il tuo sconto.»

«Il mio cosa?»

«Sai, lo sconto per chi va a letto con il capo?» Sorride maliziosamente e mi fa l'occhiolino prima di voltarsi e incamminarsi lungo il corridoio.

Reso a bocca aperta e ci metto un attimo per realizzare. Sono sbalordito dal suo commento. «Non abbiamo dormito insieme. Hai sbattuto la testa?» la incalzo mentre la raggiungo.

«No, ma ho ottenuto un bello sconto.» Il sorriso di Cali è radioso. «E il tuo dipendente alla cassa sembrava davvero dispiaciuto per me. A quanto pare, sei burbero con tutti i tuoi dipendenti.»

«Non è vero.» Perché questa donna mi sta tormentando? Wyatt l'ha istigata contro di me? Forse l'ha assunta lui perché venisse al resort e mi rendesse la vita un inferno. Non mi sorprenderebbe, solo perché così magari con una scopata pensava di farmi passare tutto e andare avanti con la mia vita.

«Non ci credi? Vai a chiederglielo,» dice. Cali è tutta sorrisi e, in qualche modo, il mio umore burbero non ha alcun effetto su di lei. Come se fosse immune a me. Probabilmente è meglio così. La rovinerei se ne avessi l'opportunità.

«Non ho bisogno di chiedergli nulla. Se continui con queste sceneggiate, dovrò chiederti di lasciare il resort.»

«Non puoi cacciarmi. Se lo farai, mi assicurerò di creare la recensione più devastante del mondo per il tuo resort. Ti distruggerà.»

La donna mi sta minacciando. Sono sbalordito che pensi di avere il potere di rovinarmi. «Buona fortuna a trovare qualcuno che legga il tuo piccolo blog.»

«Davvero, non hai idea di chi io sia,» dice Cali.

«Dovrei?» chiedo. Julianna l'ha menzionato ieri, ma non riesco a ricordarlo né mi interessa.

Lei sorride, con le labbra serrate, ma non aggiunge altro. «Non importa.» Vaga lungo il corridoio, ed è impossibile non fissare il suo sedere perfetto mentre ondeggia i fianchi.

Giuro che lo sta facendo per rubare la mia attenzione, e sta funzionando. Devo starle lontano. È una distrazione, con quel tipo di corpo che si adatterebbe perfettamente al mio, per immobilizzarla sotto di me e mostrarle chi comanda.

Scommetto che geme forte quando viene, con il sudore che le ricopre ogni centimetro della sua pelle nuda, la testa reclinata all'indietro, gli occhi chiusi.

Non posso permetterle di influenzarmi ed entrare nella mia testa. Andare a letto con lei non è appropriato. È un'ospite e io gestisco il resort. Questo è l'ultimo tipo di recensione di cui ho bisogno che appaia da qualche parte: *Affascinante scapolo miliardario offre tour privati al Blue Sky Resort. Aspettati di di ritrovarti con le mutandine attorcigliate alle mani mentre lui ti lega e ti scopa fuori pista.*

Cali passa davanti al bancone del noleggio attrezzature che sta gestendo Wyatt. Lui le sorride, e io vorrei ringhiargli contro per il solo fatto di guardarla.

Lei è mia.

FOUR

Cali

IN REALTÀ non ho detto al ragazzo alla cassa che sto andando a letto con Logan, ma ho chiesto se ci fosse uno sconto per amici e familiari.

Per la cronaca, non c'era.

Le scarpe hanno fatto saltare il mio budget fino al prossimo stipendio, ma questa volta è una spesa su cui devo proprio esagerare. Non posso rischiare un altro infortunio alla caviglia, e ho la tendenza a finire sempre per avere una storta con i tacchi.

Perché diavolo ho pensato che fosse una buona idea indossare i tacchi in una località sciistica?

Il mio telefono vibra mentre torno in camera per liberarmi delle vecchie scarpe. Lancio un'occhiata al chiamante. È Bridget, il mio capo.

Probabilmente sta chiamando per verificare a che punto sia con la mia intervista. Non ho pubblicato nulla online da quando sono arrivata, il che non è un bene. Le piace che i nostri account siano attivi, e dato che normalmente pubblichiamo più volte al giorno, il mio ignorare i social media non ci fa alcun favore.

«Pronto?» rispondo, mordendomi il labbro inferiore.

«Cali, come sta andando? Non ho visto alcuna attività online da parte tua.»

Va dritta al punto. Mi strofino gli occhi. Preferirei sdraiarmi e fare un pisolino piuttosto che mettermi davanti alla telecamera adesso e fare un video. E Logan non mi permetterà di filmarlo. Almeno, non volontariamente.

E sua figlia è minorenne. Anche se mi piacerebbe avere il suo aiuto, non posso riprenderla senza il suo permesso. Meglio evitare una denuncia.

«Sto cercando di mettermi in contatto con il proprietario.»

«Logan Henderson?» chiede Bridget. «È così difficile da trovare?»

«Oh, è costantemente tra i piedi,» dico un po' troppo forte.

«Cosa hai detto, Cali?»

Faccio una smorfia e inspiro profondamente.

Espiro.

Cerco di riordinare i miei pensieri prima di finire licenziata. «Logan è fantastico. Solo che non è interessato a fare interviste con noi o con chiunque altro.»

«Non m'importa come ottieni l'intervista, ma non ti ho mandata al resort per una vacanza gratuita. Fa' il tuo lavoro.»

Alzo gli occhi al cielo, grata che non possa vedere la mia espressione. «Sto facendo tutto il possibile per avvicinarmi al Signor Henderson. Al momento, sto lavorando a una strategia.»

«Che tipo di strategia?» Bridget si anima al pensiero che stia lavorando e raccogliendo informazioni.

«Ha una figlia. Ha quindici anni e sa chi sono.»

«Interessante.» Giurerei che abbia un sorrisetto sul volto. «Usalo a tuo vantaggio. È single?»

«Non lo so.» Non ho notato una fede nuziale, ma questo non significa che non sia impegnato. Tengo la bocca chiusa sull'incidente delle scarpe di prima al negozio. E su come ho detto a Logan che avevo informato il commesso che avrei dovuto avere le scarpe gratis perché andavo a letto con il proprietario.

Non il mio momento migliore.

Stavo cercando di flirtare con lui. Quell'uomo è bellissimo, con inchiostro scuro sulle braccia e una personalità tormentata. Non posso fare a meno d'immaginare come sarebbe essere dominata da lui in camera da letto. Non sembra il tipo di uomo che ci andrebbe piano o sarebbe gentile.

Non mi lamento. Mi piacerebbe trovare il modo di finire sotto di lui, con le braccia attorno al suo collo, le gambe avvolte intorno ai suoi fianchi, tenendolo come in una morsa.

Abbasso il riscaldamento nella mia stanza d'albergo. Fa un caldo soffocante.

«Bene, scoprilo, e se lo è, invitalo a bere qualcosa. Puoi metterlo sulla carta aziendale. Ma ho bisogno di quell'intervista.»

«Non mi lascerà filmarlo,» dico.

«Va bene. Non deve essere in camera. Voglio dire, sarebbe meglio se potessi coglierlo mentre esce dalla piscina dell'hotel, tutto bagnato. Ho visto una sua foto, Cali. Quell'uomo è pura delizia per gli occhi.»

Mi mordo la lingua per evitare di dire che non è solo bello, ma è anche brontolone e burbero. Ma questo non aiuta la mia situazione. «Suggerisci di appostarmi in piscina?» Sto scherzando solo a metà. Potrei restare sdraiata nel mio costume da bagno a leggere tutto il pomeriggio, aspettando di intravedere Logan.

«Fa' ciò che devi fare.»

È il tipo che nuota nella piscina dell'hotel? Forse ha una piccola piscina al piano di sopra nella suite attico dove vive.

Mi chiedo se ci sia un modo per salire lassù e dare un'occhiata. È improbabile che Julianna mi lasci andare, e ci sono zero possibilità che Logan mi inviti nella sua suite. Preferirebbe farmi dormire fuori nella neve.

Chiudo con Bridget e metto il costume da bagno sotto i vestiti. Nel caso avessi l'opportunità di scattare una rara foto di Logan Henderson in costume. Anche se, in un certo senso, spero che preferisca nuotare nudo.

Immagino non sia molto probabile che lo possa fare nella piscina dell'hotel a cui possono accedere gli ospiti.

Prendo un asciugamano e scendo per dare un'occhiata alla piscina. Alcuni bambini rumorosi stanno nuotando e schizzando l'acqua in giro, bagnando le sdraio. La maggior parte di loro è piuttosto giovane, e i loro genitori sono nella stanza, non proprio intenti a sorvegliarli.

Scegliendo di non farmi inzuppare dai bambini, percorro il corridoio e colgo uno sguardo di Logan nella sala fitness. Sta sollevando pesi, e non posso fare a meno di fermarmi vicino alla vetrata e fissarlo.

I secondi passano, e dovrei continuare a muovermi. Ma non lo faccio. È bello e sexy da morire. Il suo viso è rosso, le vene sulle braccia si gonfiano ad ogni flessione.

Non è l'unica cosa che si gonfia a cui penso. Non dovrei avere fantasie del genere su Logan. È pericoloso. Assolutamente off-limits. Dormire con il proprietario di un resort potrebbe solo influenzare la mia recensione. Sarebbe poco professionale.

A meno che non stessi scrivendo una recensione sul suo sex appeal o su come si comporta a letto.

Logan Henderson è un donatore. Quest'uomo è uno splendido brontolone con un record di 3-1 nel dare più orgasmi che riceverne. Sotto la dura e rigida apparenza che sfoggia durante il giorno, di notte è un leone selvaggio tra le lenzuola, alla ricerca della sua leonessa da immobilizzare e divorare.

È una bestia, e più lo fisso, più mi sento colpevole quando incrocia il mio sguardo. Apro la bocca, pensando che i miei occhi devono essere rimasti spalancati come quelli di un cerbiatto, e mi affretto lungo il corridoio, fingendo di non avere appena sbavato per la vista di lui che si allenava.

C'è qualche possibilità che non se ne sia accorto?

Con l'asciugamano in mano, mi dirigo verso gli ascensori, e Jules mi saluta con entusiasmo. Non è sola. Accanto a lei c'è una ragazza più o meno della sua età, ma con i capelli più scuri e un look punk-gotico. La ragazza potrebbe seriamente far parte di una band. Emana un'aura da rockstar.

«Cali!» dice Jules. «Questa è la mia ragazza, Izzie.»

Izzie fa un mezzo sorriso e arriccia il naso. «Ragazza?»

«Cosa?» chiede Jules, guardando la sua amica.

«Credevo che non l'avremmo detto a nessuno. Era solo tra noi,» sibila verso di lei.

«Rilassati, lei è in gamba, e non dirà niente a mio padre. Lui la odia.»

Izzie ridacchia e infila le mani in tasca. «Stai andando in piscina?» Fa un cenno verso l'asciugamano nella mia mano.

È asciutto, come il resto di me. Beh, quasi tutto. Fissare Logan non mi ha esattamente mantenuta una santa.

Mi farebbe bene un tuffo in acqua per rinfrescarmi se non ci fossero un mucchio di bambini. «Stavo per andarci ma mi sono distratta,» dico mentre mi conducono verso la piscina attraverso il corridoio dove avevo appena visto Logan sollevare pesi.

Lui esce dalla sala fitness, un asciugamano attorno al collo, a petto nudo.

Vuole forse farmi venire un infarto?

Inciampo nei miei piedi, non prestando attenzione a nient'altro che all'uomo con gli addominali scolpiti. Sarà l'unica cosa dura come la pietra...?

Scivolando, cado in avanti verso il pavimento. Ma Logan mi afferra, il suo braccio attorno alla mia vita, tirandomi contro il suo petto, impedendomi di cadere a terra.

«Grazie,» dico.

E se non ero già abbastanza imbarazzata prima, ora mi sento umiliata.

«Dovrei andare.» Cerco di liberarmi dalle sue braccia, ma lui non mi lascia andare.

Abbassa lo sguardo verso i miei piedi. Gli stivali che ho appena comprato sono ancora ben allacciati. «Gli stivali sono troppo grandi?» chiede, e le sue mani scivolano dalla mia vita giù fino ai piedi, controllando se c'è troppo spazio per le mie dita nelle scarpe.

«Mi stanno bene,» dico.

Alcuni ospiti nelle vicinanze sussultano alla vista, e io inspiro bruscamente.

Tirano fuori le loro fotocamere come se stessero cercando di farci un favore, registrando questo evento. Ma non è quello che pensano. Potrà essere in ginocchio, ma non mi sta facendo la proposta.

Preme con due dita sulle punte, scoprendo che gli stivali effettivamente calzano come dovrebbero.

Logan alza lo sguardo, notando gli ospiti che affollano il corridoio e ci osservano. «Non c'è niente da vedere.» Li congeda tutti con un gesto, ma è solo quando si alza che decidono di credergli e continuare per la loro strada.

Jules e la sua amica Izzie si scambiano sorrisi e risatine prima di affrettarsi lungo il corridoio, lasciando noi due da soli.

«Beh, è stato imbarazzante,» dico, stringendo l'asciugamano bianco immacolato al petto.

«La gente è così maledettamente ficcanaso,» borbotta Logan, passandosi una mano tra i capelli corti e scuri. «Stai bene?»

«Non sono caduta,» faccio notare, apprezzando che mi abbia afferrata. «Sto bene.»

«Forse dovresti farti visitare da un medico.»

«Perché? Sto bene.»

«Sei inciampata due volte, una facendoti anche male. La seconda avrebbe potuto finire anche peggio se non fossi stato qui.»

Sì, se lui non fosse stato qui, non sarei inciamapata. La mia attenzione era sul fatto che fosse a petto nudo e sexy da morire.

«Abbiamo un medico nella nostra strutura sede. Posso portarti da lui, farti controllare per assicurarci che non ti sia fatta male aòla testa.»

«Sto bene, te lo assicuro. È solo la mia caviglia, e ora sta meglio. Forse così si è risistemata.»

«Non è una cosa possibile,» dice, il suo sguardo non vacilla.

«Beh, dovrebbe esserlo.» Distolgo lo sguardo, il suo è troppo ardente e intenso per me. È come se stesse guardando dritto nella mia anima.

«Assecondami. Se il medico dice che va tutto bene, ti lascerò in pace.»

«No, mi offrirai la cena, e questa volta, ti siederai con me durante il nostro pasto condiviso.»

I suoi occhi si accendono di malizia. «Mi stai chiedendo di uscire, *Sunshine*?»

Almeno non mi chiama goffa. «Non oserei mai, *Brontolone*.»

«Suona come Bidone,» sbuffa, chiaramente non divertito. «Spero proprio che non attecchisca.»

«Allora non essere così brontolone.»

Lui ringhia e si avvicina. Giuro che sta per baciarmi. Forse è perché voglio che mi baci. Le mie labbra formicolano, e lui mi solleva da terra, il suo braccio che passa sotto le mie gambe mentre mi porta in braccio.

«Mettimi giù!» rido, e mentre ieri il fatto che mi portasse in braccio era romantico perché la mia caviglia faceva male, oggi sono imbarazzata per l'attenzione che mi sta dando.

«Non finché non ti avrò fatto controllare,» dice.

«Mi stavi già controllando,» dico con malizia.

Per un momento, penso che mi lascerà cadere. Avvolgo le braccia attorno al suo collo. È il gesto più romantico che un uomo abbia mai fatto per me, portarmi in braccio, e lui l'ha fatto già due volte.

C'è silenzio tra di noi e chiacchiericcio nei corridoi mentre mi porta attraverso il lodge e poi fuori.

Borbotto per il freddo, facendo una smorfia. Il medico non poteva stare nell'edificio principale?

C'è una struttura medica non collegata, ma che un giorno verrà unita al complesso. Una tettoia copre la parte superiore e ci sono teli di plastica per tenere fuori gli elementi, ma niente riscaldamento.

Tremo, stringendomi più vicina e con più forza a Logan.

«Scusa, siamo quasi arrivati,» borbotta mentre ci avviciniamo alla porta, e fa un passo indietro girato di schiena, colpendo il pulsante per disabili per aprire automaticamente la porta.

Logan mi porta nel centro medico con facilità. C'è una piccola sala d'attesa davanti, e mi fa sedere su una delle sedie.

«Signor Henderson, come posso aiutarla?» chiede la receptionist.

«Cali è inciampata ieri nel lodge. Si è slogata una caviglia e poi ha avuto un altro quasi incidente camminando nel corridoio. Vorrei che il medico la visitasse. Per assicurarsi che non ci sia qualcosa di neurologicamente sbagliato in lei.»

«La mia testa sta benissimo. Sei tu quello con il bastone su per il culo. Forse dovresti farti controllare da un dottore per vedere quanto in profondità ti è stato ficcato lassù.»

Non posso fare a meno di essere sarcastica, e Logan si gira e inclina la testa, con gli occhi spalancati. Sembra scioccato, o forse è inorridito dal mio commento.

Beh, è stato un brontolone con me. Cosa si aspettava? C'è un limite a quanto possa sopportare quell'uomo. A meno che non parliamo di sesso... in tal caso potrei prendere il cento per cento di lui dentro di me.

Il mio sguardo percorre il suo corpo fino ai suoi jeans attillati.

La receptionist forza un sorriso. «Ormai siete già qui. Che ne dite se facciamo dare un'occhiata dal medico per assicurarci che stiate bene?»

Con due paia di occhi che mi fissano, è difficile dire di no. «Mi devi una cena,» dico, puntando il dito contro Logan.

«Sarebbe un onore.»

In qualche modo, non credo che lo intenda davvero. Sta recitando per la receptionist.

Perché? È preoccupato che possa iniziare a spargere voci sul fatto che vada a letto con un'ospite? Sono sicura che circolino pettegolezzi più interessanti.

«Ha bisogno di una sedia a rotelle per andare in una delle stanze?» chiede la receptionist.

«No, posso camminare,» dico, e mi alzo. Vacillo leggermente, e ci vogliono alcuni secondi perché i miei piedi si sentano di nuovo sulla terraferma.

La receptionist mi accompagna in una delle stanze, e Logan rimane vicino alla reception. È anche l'infermiera del triage, non solo la receptionist.

Mi misura la pressione sanguigna, il polso e la temperatura prima di scomparire dalla stanza e lasciarmi sola.

La mia pressione sanguigna è un po' bassa, ma non è insolito per me. Ho sempre avuto la pressione bassa. Da adolescente, un cardiologo mi ha detto di fare il pieno di sale e caffeina perché svenivo spesso. Non sono sicura che fosse il consiglio migliore, ma ha funzionato.

Qualche minuto dopo, un signore entra a passo sicuro nella stanza.

«Salve, sono il dottor Reynolds,» dice. «Ho sentito che è caduta e si è fatta male alla caviglia.»

«La mia caviglia sta meglio. Tendo ad essere maldestra, e l'orco nel corridoio ha insistito che mi facessi visitare.»

Alza un sopracciglio incuriosito. «Orco?»

«Logan Henderson,» dico.

«Il mio capo.» Sorride e ride. Ha più o meno l'età di Logan, ma i suoi capelli sono un po' più brizzolati, e ha meno barba. Logan è tutto barba, folta, scura, e accentua i suoi lineamenti. «Che ne dice se lo accontentiamo per qualche minuto? Vorrei esaminare la sua caviglia e, se le fosse possibile, vedere come cammina.»

«Certo,» dico. Guarda la mia caviglia, soddisfatto che non ci sia gonfiore e che non faccia male quando la tocca o cerca di farmela muovere. Mi fa alzare.

«Può camminare fino all'altra parte della stanza e tornare?»

È uno spazio piccolo, solo pochi passi, quindi faccio come mi dice.

«Bene,» commenta. «Ora vorrei che camminasse in linea retta. Dal tallone alla punta.»

«Facile,» dico, ma quando cerco di fare come ha chiesto, la mia andatura barcolla e vacillo.

Le sue mani si protendono per assicurarsi che non cada, ma mi riprendo da sola.

«Ha avuto problemi di equilibrio?» chiede il dottor Reynolds.

«Non che io abbia notato.»

«Si metta in piedi con i piedi uniti.»

Faccio come mi dice, e più a lungo sto in piedi, più oscillo verso sinistra e cerco di reggermi, allargando le gambe per evitare di cadere. «Questo non sembra normale,» dico.

Non risponde alla mia osservazione. E per quanto Logan mi sembri cupo, il silenzio di quell'uomo vince. Il mio stomaco si stringe.

«È perché mi sono slogata la caviglia. Vero?»

«Si sieda, per favore,» dice, e indica la sedia.

Mi fa seguire una piccola torcia con gli occhi e fa parecchi altri controlli. Non indica nulla di specifico. «È andata sulle piste da sci?»

«No, non so sciare. Non l'ho mai fatto,» dico.

«Ha un medico di base?»

«A casa. Non vivo da queste parti.»

«Le consiglio di fare un controllo con il suo medico di base quando torna a casa. Potrebbe essere legato all'orecchio interno, o potrebbero essere meglio se si facesse visitare da un neurologo.»

«Cosa?» La mia voce si alza di tono.

«Ha problemi di vertigini, nausea o perdita dell'udito?»

«No,» dico. «Sono solo maldestra.» Almeno, è quello che ho sempre pensato di essere. Sono nervosa. Ma forse si sbaglia. È abituato a vedere ossa rotte e commozioni cerebrali tutto il giorno. Non sono il suo solito tipo di paziente.

Dopo aver finito con il dottor Reynolds, mi dirigo verso il corridoio. Logan mi sta aspettando su una delle sedie di plastica. Si alza immediatamente quando mi vede, con gli occhi spalancati. Vuole sapere cosa ha detto il medico.

«Sto bene.» Lo liquido con un gesto e guardo la receptionist. «Quanto vi devo?»

«È già stato saldato,» dice lei, indicando Logan con un cenno del capo.

«Offre la casa,» dice Logan, aprendo la porta e lasciandomi passare mentre percorriamo il corridoio esterno.

Mi stringo le braccia intorno al corpo, infreddolita dalla notizia e dalla temperatura dell'aria.

«Cena?» chiede, guardandomi e dandomi una leggera spinta mentre camminiamo. La sua mano scivola sulla parte bassa della mia schiena, tenendomi vicina a lui.

Sospiro, appoggiandomi al suo tocco. Non voglio dirgli che sono terrorizzata. I commenti del medico non erano quello che mi aspettavo di sentire. Cosa ha spinto Logan a insistere perché mi facessi visitare?

«Non ho fame,» dico. Ho perso l'appetito quando il dottore ha accennato alla possibilità di dover vedere un neurologo.

Logan apre la pesante porta di vetro che collega al lodge. Una calda folata d'aria mi assale ed è un sollievo rispetto al freddo pungente.

«Ti devo una cena, e si sta facendo tardi,» dice Logan.

«E tua figlia?»

«È con la sua amica. Non sentiranno la mia mancanza. Possiamo sederci al ristorante e mangiare qualcosa, oppure posso prepararti qualcosa di sopra.»

«Di sopra?» ripeto. Questo attira la mia attenzione. «C'è un altro ristorante al piano di sopra per i clienti VIP?» Non avevo visto nulla online o nella brochure riguardo a un ristorante al piano superiore.

«Intendevo che cucinerei per te.»

«Sai cucinare?» Non riesco a nascondere il sorriso. Non so perché, ma non immagino quest'uomo che si affanna in cucina da anni. «Non hai uno chef?»

«Il mio chef è nella cucina di sotto, al ristorante,» dice Logan. «Solo perché sono benestante non significa che non possa fare le cose da solo.»

«Scusa,» mi affretto a scusarmi. Non volevo offenderlo. «Questa cucina fa parte della tua casa o è una cucina privata per i tuoi ospiti più esclusivi?»

«È nella suite attico.»

Mi sta invitando nella sua stanza. I miei piedi oscillano leggermente, e il braccio di Logan mi circonda il fianco.

«Giuro che se cadi di nuovo, ti porto in aereo al pronto soccorso più vicino per un secondo parere.»

«Non è un po' esagerato?» Anche se dovrei sottrarmi

al suo tocco, non oso ammettere che mi piace il suo braccio intorno a me.

«Sarò io a decidere cosa è necessario,» dice.

Mi accompagna all'ascensore e geme quando un altro signore entra con noi. «Wyatt,» mormora, evidentemente conoscendo il tipo. Logan preme il pulsante per la suite attico e inserisce la sua chiave nella serratura per l'accesso.

Offro un sorriso caloroso, e Logan mi avvolge possessivamente il braccio intorno alle spalle come se stesse dichiarando che sono con lui.

Un po' possessivo, eh?

«Dove vanno i due piccioncini?» dice Wyatt sarcastico. Sul suo viso c'è un sorrisetto malizioso.

Apro la bocca per dire che non siamo niente, ma Logan risponde prima che io possa farlo.

«Cali, questo è mio fratello minore, Wyatt.»

«Piacere di conoscerti,» dico, e porgo la mano. Ora ricordo di averlo visto l'altro giorno.

«Altrettanto. Sei sicura di voler accompagnare

questo tipo nella sua stanza? È piuttosto burbero. A meno che non ti piaccia quel genere di cose.»

Logan ringhia a Wyatt. «La sto invitando a cena.»

«Cucini tu?» Gli occhi di Wyatt si spalancano. «Wow. Le mie scuse, Cali. Spero che tu abbia fatto uno spuntino prima.»

Le porte dell'ascensore si aprono con un suono metallico, e Logan mormora: «Non vedevo l'ora di arrivare al piano.»

Wyatt finge di non averlo sentito. «Divertitevi, voi due, e se ti annoi con il vecchio brontolone, sarò giù al bar.»

Il fratello minore esce, mi fa l'occhiolino, e le porte si chiudono.

«Lo ammazzo,» borbotta Logan sottovoce.

Sorrido, guardando Logan. «Perché? Stava solo cercando di essere amichevole.»

«Stava cercando di infilarsi sotto la tua gonna,» dice, chiaro e tondo, e raddrizza le spalle. Inclina il collo da un lato, facendolo scrocchiare e liberando parecchia tensione.

«E questo è un problema, perché...?» chiedo, con un lieve sorriso sulle labbra.

Abbassa la testa, il suo sguardo fisso su di me. «Se stai cercando un'avventura di una notte, lui è l'uomo giusto. Ma non aspettarti mai nient'altro da lui.»

L'ascensore raggiunge la suite attico e le porte si aprono direttamente nella sua stanza. «Vieni?» chiede, guardandomi da sopra la spalla. «A meno che tu non preferisca farti una scopata senza impegno stanotte. Wyatt è l'uomo giusto per far scattare tutti i tuoi allarmi in fatto di relazioni.»

Sembra che sia lui a fare un ottimo lavoro nel premere tutti i tasti giusto con me, , anche se non necessariamente gli stessi. «Non ti piace tuo fratello,» dico.

«Non ho nulla contro Wyatt. Solo il fatto che non crede in storie che richiedano un vero impegno.»

«E tu sì?» Guardo la sua mano sinistra. È priva di anello, il che è un bene dato che sono nella sua suite attico. «C'è una signora Logan Henderson?»

«No.» È rapido a rispondere e a chiudere qualsiasi ulteriore conversazione sull'argomento. «Questa discussione finisce qui.»

FIVE

Logan

CALI È PROPRIO UNA CHIACCHIERONA. Peggio di Julianna quando era piccola.

Mi rifiuto di discutere del mio divorzio con lei. Non sono affari suoi che la mia ex moglie, Jess, mi ha lasciato per un altro uomo.

È stato un vero colpo al mio ego, aprire la porta e vedere il mio migliore amico che andava a letto con mia moglie.

Ora, lui è il mio ex migliore amico, e lei è la mia ex moglie.

Non so e non mi interessa se loro due stanno ancora insieme. Julianna sa che non deve parlarmene. Va a trovare sua madre una volta al mese, a volte due, se c'è una festività o un compleanno da celebrare.

Ma Jess è tornata a New York City, dove vivevamo prima di trasferirci nel Montana. È proprio un bel cambio di ritmo.

«Mettiti comoda. Faresti meglio a sederti.» Indico il divano. Non ho bisogno che Cali inciampi di nuovo.

E anche se lei ha insistito a dire di stare bene, che il medico l'ha autorizzata a non restare a riposo e che non ci sia nulla di cui preoccuparsi, ho la fastidiosa sensazione che mi stia nascondendo qualcosa.

Ho intenzione di farglielo confessare prima che finisca la serata.

Forse posso aiutarla. Se ha bisogno di vedere uno specialista e non può permetterselo o necessita di medicine eccessivamente costose, posso aiutarla a far pendere la bilancia a suo favore.

Cali non ascolta. Perché dovrei pensare che potrebbe seguire le istruzioni anche solo per dieci secondi? La ragazza è uno spirito libero, spensierata e vivace.

Non abbiamo niente in comune.

Questo non significa che non ammiri quella innocenza, ma è ancora giovane. Ventinove anni sono praticamente nulla quando guardo indietro e ricordo le pazzie che ho fatto nei miei vent'anni.

Ho appena compiuto quarantatré anni, e giuro che sono una persona diversa rispetto a quattordici anni fa. Per cominciare, ero un padre novello con una figlia di un anno.

Ora sono un vecchio burbero. È ciò che succede quando sei un padre single, vieni tradito e cresci una figlia adolescente da solo.

Prendo alcuni ingredienti freschi dal frigorifero e tiro fuori una pentola gigante per bollire l'acqua. «Sei allergica a qualcosa?» chiedo.

Cali scuote la testa. «No, ma non mi piace il formaggio.»

«Capito,» dico con un sorriso ironico. «Preparo la pasta, ma niente formaggio sul tuo piatto.»

«Grazie.» Tira fuori lo sgabello dal bancone e ci si siede mentre mi guarda cucinare.

«Bevi vino?»

«Mi piacerebbe un bicchiere,» dice Cali, e scende dallo sgabello. «Se mi indichi la direzione, posso prendere un calice per entrambi.»

Apro l'armadietto e prendo i bicchieri da vino dal ripiano più alto. Non sarebbe mai in grado di raggiungerli senza arrampicarsi su una sedia, e questo è assolutamente fuori questione.

«C'è una bottiglia di rosso sul bancone e un cavatappi nel cassetto sottostante.» Indico l'espositore di vini. Ci sono solo poche bottiglie fuori. La maggior parte è conservata nella cantina sotto il lodge.

Cali stappa il tappo e ci versa un bicchiere ciascuno.

Inalo il fragrante aroma prima di fare un sorso. Il gusto è squisito. Questo è ciò che ottieni con cinquecento dollari a bottiglia e ne ho una cassa intera nella cantina dei vini. La maggior parte è riservata per ospiti speciali e quando intrattengo qualcuno in casa, cosa che non è successa dal divorzio.

Il mio amico più stretto, quello che non mi ha tradito, Levi Luxenberg, è tornato a New York City. Non che non possa farmi visita, ma è occupato con sua figlia e la sua fidanzata. È un uomo molto rispettabile. Quando ha scoperto di avere una figlia di cinque anni e che lei non aveva nessuno dopo la morte di sua madre, è saltato su un aereo e l'ha portata a casa. Si è portato via anche, però.

Quando mi sarò sistemato con il lodge, ho in programma di portarli qui e mostrargli le piste. Dovrebbero insegnare alla bambina a sciare o fare snowboard quando sarà abbastanza grande.

Forse Julianna potrebbe insegnarlo alla piccola Amelia.

«Avremmo dovuto fare un brindisi,» dice Cali mentre sorseggia il vino. «Wow. Questa roba è divina.»

«Sì, questo è ciò che ottieni con cinquecento dollari a bottiglia. Divina,» ripeto con un sorriso.

Lei tossisce al mio commento, con gli occhi spalancati, e appoggia il bicchiere sul bancone.

«Non ti piace?» chiedo, lanciandole un'occhiata da sopra la spalla. «Puoi aprire un'altra bottiglia se è troppo secco per te.»

«No, è perfetto. È costoso. Non voglio sprecare nemmeno un sorso prima del nostro pasto.»

Faccio un gesto con la mano, liquidando la questione. «Va bene. Ho un'altra cassa di quella roba nella cantina dei vini al piano di sotto.»

Cali mi osserva al bancone mentre taglio le verdure e faccio a dadini i pomodori, preparando il mio sugo per gli spaghetti.

«Dove hai imparato a cucinare?» chiede.

Non posso rimproverarla per averlo chiesto. È una domanda legittima, anche se non voglio parlare di Jess. «La mia ex non cucinava mai, e io volevo che Julianna mangiasse un pasto adeguato, sano e nutriente. Il che mi ha obbligato ad imparare.»

«Divorziato di recente?» chiede.

Sono sicuro che può cercarlo su Google se fosse curiosa di saperlo. Il suo telefono non è n vista, però. Almeno si sta comportando in modo educato ed è una cosa che apprezzo.

«Sì. Preferirei non parlarne.»

«È giusto.» Cali si sforza di sorridere, e prende un altro sorso di vino prima di appoggiare il bicchiere e le mani sul bancone. «Non sono una gran cuoca. Cioè, so far bollire l'acqua e preparare il sugo per spaghetti in barattolo, ma seguire una ricetta è il mio punto debole. Do un'occhiata al foglio, e ci sono troppe istruzioni, e diventa opprimente.»

«È così che si comporta Julianna quando le chiedo di aiutarmi con la cena. Posso leggerle la ricetta, ma se deve farlo lei, è come se stesse guardando una lingua straniera.»

«Sì!» esclama. «Allora puoi capirmi.»

Non capisco, ma ho sentito mia figlia lamentarsi abbastanza della cucina da riuscire a creare un sistema in cui lei mi aiuta e prepariamo la cena insieme.

Anche se non abbiamo dovuto farlo più da quando il lodge ha riaperto dopo le ristrutturazioni, e per un po' ho avuto uno chef privato che preparava i nostri pasti mentre stavo attraversando il divorzio. Quando tutte le pratiche burocratiche sono state finalizzate, non volevo liberarmi di Damien, così l'ho assunto per gestire la cucina del ristorante nel lodge.

Siamo passati dall'essere un posto dove mangiare nel complesso sciistico all'essere il locale più in vista della città. Non che la città di Breckenridge sia enorme, ma abbiamo rubato un po' di clientela agli altri ristoranti.

C'è sempre attesa, anche nei giorni feriali fuori stagione, ed è caldamente consigliato prenotare in anticipo.

«Sei più brava con i dolci?» chiedo, lanciando un'occhiata a Cali da sopra la spalla.

Sta seduta appoggiata sullo sgabello, e giuro che se dovesse cadere, non mi perdonerò mai per aver comprato quelli al posto di sedie vere.

«Sono brava a mangiarli.»

Ridacchio. «Vieni qui, assaggia il mio sugo.» Mescolo il composto, e lei scivola giù dallo sgabello, un sopracciglio alzato.

«Suona malizioso, signor Henderson.»

«Chiamami Logan.» Le lascio assaggiare il sugo rosso con il cucchiaio di legno.

Ci soffia sopra per un secondo prima di portarlo alle labbra. I suoi occhi si chiudono, e si stringe le labbra con un leggero gemito. «Accidenti, è fantastico.»

«Ti piace il mio sugo?» dico con un sorrisetto. Sono tutto per i doppi sensi, e questa donna mi sta facendo eccitare, guardando la sua lingua che lecca le sue labbra. Le sue guance sono rosee e le gli occhi scuri di desiderio.

«Sì, morirei per un altro assaggio.»

«Com'è? Il sugo è troppo salato?»

«No, affatto. È perfetto. Sai cucinare.»

Perché sembra sorpresa da questo fatto? Prendo le ciotole e servo prima la pasta, lasciando che lei metta quanto sugo e carne vuole sul suo piatto.

Portiamo i piatti al piccolo tavolo di legno in cucina. Il tavolo si espande, ma Julianna e io mangiamo al piano di sotto la maggior parte delle sere, quindi non c'è mai stato motivo di allungarlo.

La cena è piacevole, con chiacchiere educate ma niente di troppo intimo o personale. Evita di fare domande sul mio divorzio o su mia figlia, e faccio lo stesso, non volendo oltrepassare alcun confine.

L'ho invitata per una bella cena, non per convincerla a dormire con me. Inoltre, quella porta è chiusa.

Dopo che Jess mi ha tradito, tornare a fidarsi delle donne non è facile.

Alla fine della cena, ci siamo scolati la bottiglia di vino. Sparecchio, sciacquando i piatti prima di metterli nella lavastoviglie.

«Farai il dolce, vero?» scherzo.

«Dipende. Hai una scatola di preparato per brownies nella dispensa?»

L'ascensore suona, e Julianna e Izzie entrano a passo di valzer nell'attico. «Ciao, papà. Cali!» squittisce Julianna, eccitata di vedere chi ho portato a casa. Gli occhi di mia figlia si spalancano. «Oh mio Dio, stai avendo un appuntamento, papà?»

Non mi abituerò mai a sentirla dire ad alta voce le cose che normalmente scriverebbe nei messaggi. «Ho promesso che avrei preparato la cena per Cali se fosse andata dal medico della nostra struttura.»

«L'hai fatta visitare dal dottor Reynolds?» Il viso di Julianna si contrae. «È più bello di te, papà.»

«Grazie mille, piccola.» Le schizzo dell'acqua addosso, e lei strilla come se si stesse sciogliendo. Mia figlia è sempre drammatica. Mi sorprende che non abbia provato a entrare nel club di teatro al liceo.

«Tua figlia ha ragione. Il dottor Reynolds è un bel vedere» dice Cali. Agita le sopracciglia. «È sposato?»

«No,» dico rispondo, scuotendo la testa. «Ma non sei il suo tipo.»

«Che vuol dire?» chiede Cali.

«Questo è crudele, *Vecchio*, persino per te» dice Julianna.

«Vecchio?» Lancio un'occhiataccia a mia figlia. Non sono minimamente arrabbiato, solo infastidito che mi chiami così davanti a Cali. «E lui non è interessato alle donne che hanno quasi la metà dei suoi anni» dico, fissando Cali con lo sguardo.

«Ho ventinove anni» dice lei, come se questo rendesse le cose in qualche modo migliori.

«Papà.» Julianna ci interrompe ancora una volta. «Izzie può restare a dormire?»

«Izzie deve chiedere ai suoi genitori, ma per me va bene.» Sono contento di vedere Julianna passare del tempo con un'amica fuori da scuola.

Julianna e Izzie si dirigono verso l'ascensore. Non hanno finito di esplorare il lodge o forse non vogliono stare intorno a nessun genitore. Anche questo mi va bene. Mi piace l'idea di avere Cali da sola, tutta per me.

Una volta che le ragazze se ne sono andate, rimaniamo solo io e Cali, da soli.

«Stavo scherzando prima quando ho detto che mi piaceva il dottor Reynolds» dice lei.

Non sono sicuro del perché senta il bisogno di spiegarsi, ma la lascio divagare, dato che trovo affascinante ascoltarla parlare.

«Davvero?»

«È piacevole da guardare, ma non è il mio tipo.» Lascia che quel pensiero aleggi un po' troppo a lungo.

«Qual è il tuo tipo?» le chiedo. Non dovrei. Dovrei aprire una bottiglia d'acqua, non un'altra bottiglia di vino rosso. Sto versando un bicchiere per ciascuno mentre mescolo gli ingredienti per preparare i brownies.

Cali è proprio accanto a me, con la schiena contro il bancone. Non sono sicuro se sia il bancone a sostenerla o se sia stabile sulle proprie gambe. In ogni caso, almeno non dovrà guidare stasera.

È un gioco pericoloso, flirtare con una ragazza destinata a spezzarmi il cuore. La donna che amavo mi ha distrutto. Perché non dovrebbe farlo una donna che conosco appena?

«Alto, moro, affascinante.» Sorride maliziosamente, guardandomi dalla testa ai piedi. «Un uomo che sa ciò che vuole, gentile e premuroso e che non ha paura di dire ciò che pensa. Anche se significa arrivare a scontrarsi in disaccordo.»

Rifletto sulle sue parole. Non sono sicuro di rientrare nella categoria "gentile e premuroso", ma il resto mi si addice facilmente.

«E tu?» chiede Cali. «Qual è il tuo tipo?»

Accendo il forno e aspetto che si preriscaldi.

«Il mio tipo?» chiedo, e incrocio le braccia sul petto, con la schiena contro il bancone mentre rifletto sulle sue parole. «Una donna che non tradisce. Che è onesta, anche se quel che dice fosse brutalmente doloroso da sentire.»

Al momento non ho molto altro nella lista. Jess aveva soddisfatto tutte le caselle nella mia immaginaria lista di qualità per una fidanzata e moglie. Ma non ha avuto importanza, perché è riuscita a fregarmi, ma non prima di essersi scopata quella testa di cazzo.

«Mi dispiace che ti abbia fatto del male» dice Cali, con voce dolce, e suona genuina e sincera.

«Sì, non voglio parlarne.» Svuoto il bicchiere di rosso e me ne verso un altro, riempiendo il bicchiere. Non importa se divento brillo o completamente ubriaco. Questa è casa mia e il mio lodge. Posso fare quel che diavolo mi pare.

«Capisco.» Cali appoggia una mano sul mio braccio.

Il suo tocco è caldo e confortante e irradia un formicolio di calore in tutto il mio corpo. Risveglia una fiamma che pensavo fosse morta dentro di me e che non avrebbe mai potuto essere riaccesa.

Si avvicina, riducendo la distanza, e la sua mano resta sul mio braccio, l'altra sul mio petto. Cali si alza in punta di piedi.

So cosa sta per succedere, e non la fermo.

Mi bacia, il suo respiro è dolce e caldo. Le sue labbra sono morbide e dolci. Ha il sapore di ciliegie fresche.

Apro la bocca per approfondire il bacio, ma il mio cervello continua a riprodurre le cose orribili che Jess mi ha fatto, e mi allontano.

«Dovresti andare.»

«Ma non abbiamo ancora mangiato il dessert.»

Spengo il forno, rendendo evidente che la cena è finita. Non ci sarà nessun dessert. Ha rovinato tutto superando il limite e baciandomi.

Cammino verso l'ascensore, e lei sospira, seguendomi a diversi passi di distanza. Premo il pulsante, desiderando che sia già qui.

La tensione nella stanza è palpabile.

Cali respira affannosamente per il bacio, o forse il mio comportamento brusco l'ha messa in agitazione. Ma non posso percorrere quella strada con lei. Non ora e, probabilmente, mai.

Sono un uomo troppo danneggiato per essere riparato. Lei non merita me e tutto il bagaglio che mi porto dietro.

Le porte dell'ascensore si aprono con un *ding*, e Cali entra.

«Buonanotte» dico bruscamente, e i suoi occhi si stringono. Non dice nulla. Nemmeno un grazie per la cena.

Si sta mordendo il labbro inferiore, e giuro che, se piange, non sarò in grado di contenermi. Cali non ha il diritto di piangere. Non è stata lei ad essere fatta a pezzi e ridotta a brandelli dall'unica persona che aveva giurato di starle accanto attraverso tutto questo.

Logicamente, riconosco che non è colpa di Cali. Ma stasera non riesco a separare le due cose.

Le porte si chiudono e tiro un sospiro di sollievo una volta che se n'è andata.

SIX

Cali

CHE DIAVOLO È APPENA SUCCESSO? La testa mi gira e gli occhi mi bruciano.

Mi appoggio contro la parete dell'ascensore, senza premere alcun pulsante.

Non ricordo a che piano si trova la mia stanza. Tutto dentro di me fa male.

Premo il pulsante per la hall, e l'ascensore mi porta giù al primo piano. Esco a passo deciso, dirigendomi dritta verso il bar.

Potrei andare a letto, ma un drink sembra un'idea migliore. Entro nel bar. Ci sono alcuni clienti, ma non è troppo affollato. La maggior parte del lodge è orientata alle famiglie. Il bar è l'eccezione.

Prendo posto al bancone e ordino un Long Island iced tea. È abbastanza dolce, ma darà un bel colpo. Inoltre, ho già bevuto la mia dose di vino costoso di sopra.

È probabilmente il motivo per cui mi sono stupidamente sporta in avanti e ho baciato Logan Henderson. Non pensavo che avrebbe reagito così male quando ho unito le mie labbra alle sue.

Baciarmi è stato così terribile?

«Cali, giusto?» chiede Wyatt. Si avvicina dal lato opposto del bar dove stava giocando a freccette.

«Sì,» rispondo. Non aggiungo altro.

Mi osserva mentre il barista mi porta il drink. «Grazie,» dico, e Wyatt indica la bevanda alcolica.

«Mettilo sul mio conto. E portami un altro giro.»

«Posso pagare i miei drink» gli rispondo bruscamente.

«Sono sicuro che puoi, ma stavo facendo il gentiluomo.» Wyatt sorride e si appoggia al bancone.

I suoi pollici si agganciano ai passanti della cintura dei jeans.

È attraente, e più lo guardo, più riesco a vedere la somiglianza tra i due fratelli.

«Insegna a tuo fratello a essere un gentiluomo» mormoro, bevendo d'un fiato il mio drink.

Wyatt si gira di lato per guardarmi e alla fine prende il posto vuoto accanto a me. Forse ha capito che è stata una lunga serata. «Di solito è lui il gentiluomo. Cosa ha fatto?»

«Mi ha cacciata, mi ha spedita nell'ascensore perché l'ho baciato. Dio non voglia che le mie labbra tocchino le sue.»

Wyatt accenna un sorriso. «Hai baciato mio fratello? Ben fatto.»

«Sì, ma non è stato bello per me. Hai sentito cosa ho detto? Mi ha cacciata.»

La fronte di Wyatt si corruga e si passa una mano tra i capelli. «Probabilmente è andato nel panico.»

«Per un bacio? Il Quell'uomo ha quarant'anni. Non è vergine» dico io. Come può essere andato nel panico per un semplice bacio? Non sono nemmeno riuscita a esplorare la sua bocca con la lingua.

«È stato sposato con la stessa donna da quando aveva diciannove anni. Il suo primo e unico amore. Mio fratello non ha molta esperienza al di fuori della sua ex-moglie.» Wyatt ride. «E mi ucciderebbe se sapesse che ti sto dicendo questo.»

«Sì, ci scommetto.» Finisco il resto del mio drink e faccio cenno al barista per averne un altro. «Si comporta come se fosse un crimine che io provi qualcosa per lui. Non dovrebbe piacermi. Vorrei odiarlo» dico, e il mio naso si contrae.

«Ma?»

«Ma è bellissimo. Hai visto tuo fratello, no? Per non parlare di quanto può essere gentile e premuroso quando non fa lo stronzo. L'altra sera mi ha portata a cena in braccio quando mi sono fatta male alla caviglia, e oggi mi ha portata in braccio dal medico .»

«Non sembra da Logan, portare in giro gli ospiti del lodge.» Wyatt ride e sorseggia la sua birra. «Non fraintendermi. A mio fratello piaci. È ovvio. Non invita mai nessuno a casa sua. È solo che non è bravo a entrare in contatto con i suoi sentimenti e cazzate varie.»

Non credo a Wyatt. «Non gli piaccio.»

«Scommetto il prossimo giro che gli piaci» dice Wyatt.

«Come pensi di dimostrarlo?»

Wyatt sogghigna e saluta Logan mentre irrompe nel bar. I suoi occhi si spalancano quando mi vede, poi guarda Wyatt.

Un calore si emana da Logan come se fosse un feroce inferno che imperversa e sul punto di esplodere. Logan ringhia e si lancia verso Wyatt, afferrandolo per i risvolti e strappandolo dallo sgabello del bar. «Non sei cambiato di un millimetro» sibila Logan tra i denti serrati.

«Nemmeno tu» dice Wyatt, rimanendo molto più calmo di quanto dovrebbe essere, dato che sta per essere aggredito.

Ma sono fratelli, e forse Wyatt sa come calmare il suo focoso fratello.

«Non posso crederci, stai cercando di rubarmi Cali come hai cercato di rubarmi Jess tutti quegli anni fa!» Logan ha gli occhi spalancati, iniettati di sanuge. Non si accorge nemmeno che sono sullo sgabello, proprio accanto a lui.

Appoggio la mano sul suo braccio, cercando di placare le sue insicurezze e rassicurarlo che, qualunque cosa lui pensi stia succedendo, non è così.

Non puoi tradire qualcuno quando non sei in una relazione con lui.

«Tuo fratello non mi ha rubata» intervengo. «Non sono un oggetto che si può possedere.» Afferro il mio drink e glielo lancio in faccia per raffreddarlo.

Lui ringhia e si gira, trovandosi faccia a faccia con me.

«Ti sei divertita abbastanza?» Mi solleva da terra, mettendomi sulla sua spalla e portandomi fuori dal bar, in stile uomo delle caverne.

«Logan, mettimi giù!» strillo, e lui cede solo una volta fuori dal bar.

«Cos'era quella scena?» Incrocia le braccia sul petto. I suoi bicipiti si gonfiano e si flettono. È incazzato, e io non ho fatto niente di male.

«Io che facevo una bella conversazione con tuo fratello. Smettila di comportarti come uno stronzo.» Mi allontano da lui, ma mi afferra il braccio e mi fa girare per guardarlo in faccia.

«Non abbiamo finito, *Sunshine*.»

«Va bene, ma se stiamo dando soprannomi, tu sei un *Burbero di Montagna*.»

«Molto matura» dice Logan. Mi guarda da capo a piedi, le labbra serrate, ma non dice nulla. Il suo silenzio è opprimente.

«Senti, non so cosa sia successo tra te e la tua ex moglie» dico, anche se ho un'idea abbastanza chiara di ciò che Wyatt mi ha raccontato e di ciò che Logan cerca in una partner. «Ma io non sono lei. Non tradisco. Non l'ho mai fatto e non lo farò mai. Wyatt, tuo fratello, stava bevendo qualcosa con me perché ero seduta da sola al bar.»

«Ti stava corteggiando» dice Logan. «Corteggia tutte le ragazze carine che vengono al bar da sole.»

Non importa se mi stesse corteggiando o meno. Non sarei comunque andata a casa con lui. «Anche se non ti fidi di tuo fratello, dai almeno a me un po' più di credito.»

«Non ti conosco.»

Ha ragione. Non mi conosce. Non sappiamo molto l'uno dell'altra. «Esatto. Perché t'importa con chi parlo o con chi condivido un drink se non mi conosci nemmeno o non ti interesso?»

«È proprio qui che ti sbagli, Cali» dice, facendo un passo avanti. Invade il mio spazio personale.

Il suo profumo è inebriante. Il suo respiro è caldo, e il mio corpo freme per la nostra vicinanza. Vorrei baciarlo, ma non è andata bene di sopra nel suo appartamento. Non ho bisogno di un'altra replica di lui che mi caccia via. E poi, questa volta, mi caccerebbe completamente dal suo resort o mi ordinerebbe solo di andare nella mia stanza come una bambina?

«Allora correggimi» dico, il mio sguardo incontra il suo, senza mai vacillare.

Il suo sguardo è intenso.

Fa caldo, e il mio respiro diventa più forte e pesante.

Si sporge in avanti, e giuro che sta per baciarmi. Ma non lo fa. Il suo respiro si mescola con il mio. I suoi occhi rimangono fissi su di me come se fossi il centro del suo mondo e nient'altro esistesse.

«M'importa di te, più di quanto dovrebbe.» Le sue parole sono come miele, e il mio corpo formicola dappertutto. «Ma sei praticamente una bambina. Andare a letto con mio fratello finirà solo per farti male.»

«Non voglio andare a letto con tuo fratello!» Perché non riesce a ficcarsi in quella testa dura che l'unico uomo per cui ho occhi è lui, Logan Henderson?

Scuote la testa. «Non ti credo. Vi ho visti ridere e divertirvi un mondo prima che mettessi piede nel bar.»

«È un crimine per me divertirmi con un altro uomo quando non sto nemmeno frequentando nessuno?» ribatto.

Logan chiude la bocca.

Mi aspetto che urli, gridi, mi dica che sono come la sua ex, e che non si fiderà mai più di me. Invece, si gira e se ne va, lasciandomi lì, ancora più sbalordita e confusa di prima.

Wyatt è andato a letto con Jess? Aveva menzionato un amico, non suo fratello.

Logan si allontana furioso lungo il corridoio, e io aspetto un minuto prima di decidere se sia sicuro tornare al bar o se dovrei semplicemente chiudere la serata e salire di sopra.

Mentre sono ancora in piedi imbarazzata fuori dall'ingresso, Wyatt si avvicina, bottiglia di birra in mano. «Immagino che voi due non abbiate fatto pace» dice Wyatt, notando che suo fratello mi ha lasciata lì al freddo, da sola.

«Pensa che io voglia andare a letto con te.»

«È così?» chiede Wyatt, il suo sguardo agganciato al mio, in attesa di una risposta.

Non sto cercando un'avventura invernale, né alcun tipo di avventura, a dire il vero. Di solito mi innamoro perdutamente e velocemente. Forse è quello che sta succedendo con Logan, almeno per me.

Mi strofino la fronte. «No, mi piace il tuo burbero fratello.»

«È proprio burbero» dice Wyatt, accennando un sorriso.

«Sei andato a letto con l'ex di Logan?» chiedo, ancora senza capire le dinamiche o il dramma. Logan ha dei problemi irrisolti con suo fratello riguardo alla sua ex moglie.

«No, ma anni fa, Logan ha sorpreso sua moglie mentre ci provava con me. Era ubriaca, eravamo tutti in vacanza insieme, e ho cercato di sistemare le cose fingendo che fossi io quello interessato e che lei non avesse alcun desiderio di stare con me e volesse solo lui.»

«Sembra che il suo occhio vagasse, e non solo con te» dico. Quello avrebbe dovuto essere un segnale, una bandiera rossa.

«Esatto» dice Wyatt, indicandomi. «Vedo che capisci. Logan, beh, lui non l'ha mai capito. All'epoca incolpò me per quello che successe con Jess, e quando lei portò un altro uomo nel suo letto, è diventato un gran rompiscatole da allora.»

«L'amore fa cose strane alle persone,» commento.

«Parli per esperienza?» chiede Wyatt.

«Mi avvalgo della facoltà di non rispondere.»

———————

Passo i giorni successivi evitando Logan mentre cerco di completare quanto più lavoro possibile. Ho allestito alcune postazioni per riprese video per ottenere filmati di ospiti che scendono dalle piste, il lodge, i ristoranti e il bar.

Ma non ho ancora ottenuto la mia intervista con Logan, e a questo punto non sembra che la otterrò. Forse dovrei lasciar perdere.

Mi rimangono solo altre quarantotto ore a spese dell'azienda prima di dover volare verso la soleggiata Los Angeles. Non vedo l'ora di rivedere il sole. Anche se è inverno, fa più caldo al sud, e non c'è alcuna possibilità di neve. Il mio tipo di clima.

La maggior parte dei miei filmati sono molto estetici.

«Cali!» Jules mi saluta mentre corre lungo il corridoio, raggiungendomi. Ho il telefono fuori, vicino alla finestra, cercando di catturare quanta più luce possibile. La mia ring light si è scaricata ore fa e si sta ricaricando.

«Scusa se ti ho piantata in asso questa settimana. Posso aiutarti?»

«Sto solo girando un po' di filmati» dico.

«È la mia parte preferita. Hai ripreso qualcosa dalla seggiovia?»

«No. Vuoi venire con me?»

I suoi occhi si illuminano. «Mi piacerebbe. Prendiamo le nostre giacche e ci ritroviamo qui tra dieci minuti?»

Salgo di sopra per prendere il mio cappotto e un cambio extra di vestiti caldi. Gli stivali sono belli e caldi, e fuori fa un freddo glaciale, quindi non voglio tremare e danneggiare la ripresa mentre faccio un video.

Mi infilo i guanti e scendo. Jules mi sta già aspettando.

Mi prende per mano e mi trascina verso la seggiovia. Non ho idea di dove sto andando, ma avrei potuto facilmente seguire i cartelli, anche se non ho trascorso molto tempo all'aperto.

«Come va la caviglia?» chiede Jules mentre ci fermiamo davanti alla seggiovia e veniamo sollevate sulla postazione. La sbarra si abbassa leggermente. Mi sposto all'indietro e accendo la fotocamera, passando alla registrazione video per immortalare le piste e gli ospiti che si godono il paradiso invernale.

«Meglio,» rispondo. L'audio verrà comunque tagliato, quindi non importa se parliamo mentre riprendo.

«Dovresti scendere dalle piste. Voglio dire, come farai a recensirle e dare una valutazione equa se non ci sei mai stata?»

Ha ragione. «Quando torniamo, che ne dici di mostrarmi come si fa e venire con me?»

«Va bene,» dice Jules, con un sorriso ampio e pieno di entusiasmo.

Scatto decine di foto e registro ancora più filmati per il vlog. La recensione che scriverò metterà in evidenza elementi specifici del lodge: ristorazione, alloggio e intrattenimento. Si concentrerà anche sul comfort, sulla qualità-prezzo e su ciò che lo distingue da qualsiasi altra struttura simile.

Ciò che rende diverso il Blue Sky Resort è il proprietario scontroso, ma non credo che sia quello che i visitatori vogliano vedere. O forse sì?

Comunque, non ho intenzione di infangare il suo nome, anche se mi ha cacciata dalla sua suite dopo che l'ho baciato.

Che importa se non gli piaccio? A me di certo no.

In meno di due giorni, me ne andrò e non dovrò mai più vedere quello stronzo.

«Ci darai una recensione a cinque stelle?» chiede Jules. La ragazzina va dritta al punto. «Papà sarà devastato se scriverai del proprietario scorbutico.»

Questo mi fa sorridere. «Tuo padre è davvero scorbutico,» dico.

«Peggio di un bambino capriccioso.» Jules indica gli orsi neri che camminano faticosamente nella neve là sotto. «Guarda!»

«Oh, wow! Gli sciatori sono in pericolo?» Cerco di tenere il telefono fermo mentre riprendo dall'alto.

«Non dovrebbero esserlo. Gli orsi sono dall'altra parte del passo montano. Le piste sono dietro di noi,» dice Jules. Conosce molto bene i sentieri e il percorso che stiamo facendo. «E poi, non sono grizzly, quindi dovrebbe andare tutto bene.»

Tiro un sospiro di sollievo. Superiamo gli orsi e saltiamo giù quando torniamo al punto di partenza.

«Dai, prendiamo l'attrezzatura e andiamo a sciare insieme.» Jules mi prende per mano e mi trascina dentro. È luminosa come un albero di Natale e praticamente raggiante.

«Tuo padre ti permette di uscire?» le chiedo. Mi odia già, anche se non sono sicura di cosa ho fatto di male per meritarmi la sua ira. È stato perché l'ho baciato o perché ho bevuto qualcosa al bar quando è arrivato suo fratello?

Forse un po' entrambe le cose?

Siamo riusciti abbastanza bene a evitarci a vicenda. Non posso lamentarmi. Ha reso il resto della mia settimana noiosa in confronto, ma per me va bene così.

Jules corre dietro al bancone. «Che numero porti?»

«Il trentanove.»

Prende due paia di scarponi e mi passa quelli numero trentanove. «Mettiti questi, e poi prenderemo gli sci. E anche i caschi.» Prende due caschi dalla rastrelliera e me ne porge uno.

Non è bello, ma è funzionale, e questo è ciò che conta. Mi assicuro che il casco sia ben fissato e stretto, seguendola fuori. Prendiamo un paio di sci e di bastoni. Jules mi mostra come fissare lo scarpone allo sci e mi dà una rapida mini-lezione davanti alla struttura sulla neve.

Dire che non ho afferrato il concetto rapidamente è un eufemismo.

«Ci prenderai la mano,» insiste Jules.

«Forse dovrei prima provare un corso.»

«Va bene così. Andremo sulle piste per principianti.» Mi aiuta verso la seggiovia, e non posso fare a meno di sentire una sensazione di nausea alla bocca dello stomaco.

È nervosismo?

O forse so di non essere portata per gli sci, e questa è la peggiore idea immaginabile. Non che Jules abbia dovuto fare molto per convincermi a provare.

Vado avanti perché, diciamocelo, questa ragazza ha quindici anni e non ha paura di nulla. Voglio che pensi che sono una codarda? Assolutamente no.

E mi piace suo padre, anche se è un montanaro burbero che possiede un lodge sciistico. Voglio vedere di cosa si tratta tutto questo entusiasmo, perché la gente viene qui da tutto il mondo.

Ho già detto che non sono una tipa da inverno?

Le mie dita sono infreddolite, ma gli scarponi da sci sono più caldi di quelli comodi che ho lasciato all'interno del lodge.

La panchina oscilla, dondolando avanti e indietro mentre ci sediamo sulla seggiovia. La sbarra ci tiene vagamente in posizione per evitare di cadere. Mi tolgo i guanti, volendo avere una presa migliore sul bastone da sci, quando il guanto vola oltre il bordo insieme al bastone e al telefono.

Merda.

Senza pensare, mi lancio per afferrarlo, facendo allentare la sbarra, e in un lampo sto cadendo dalla seggiovia nel fitto manto nevoso sottostante.

Colpisco il terreno con un tonfo, ma non è piatto. C'è un pendio e rotolo giù, con gli sci ancora attaccati.

Avrei dovuto provare lo snowboard.

La mia mano è congelata dal ghiaccio. Intorpidita.

Uno dei bastoni è rimasto molto più su rispetto a dove sono caduta.

L'altro è a metà pendio, dove sono precipitata senza grazia. E il mio telefono... non ho idea di dove sia finito quello o il guanto.

Quando finalmente arrivo in fondo, mi rendo conto che sono tra montagne e alberi. La caviglia non è più il problema. Tutto mi fa male, come se il mio corpo fosse in fiamme.

Gemendo, ci metto un minuto per riprendermi dopo essere rimasta senza fiato.

Alzo lo sguardo, e Jules mi fissa mentre la seggiovia continua la sua corsa, ed è troppo lontana per fare qualsiasi cosa.

«Vado a cercare aiuto!» grida. «Resta lì!»

Sì, certo. Dove altro potrei andare?

SEVEN

Logan

JULIANNA ENTRA di corsa nel mio ufficio. Ha il casco e gli scarponi da sci indosso, ma non il resto dell'attrezzatura.

Mia figlia è senza fiato, ma la sua agitazione mi fa alzare lo sguardo, preoccupato.

«Che succede?» chiedo.

Non è raro che un ospite si faccia male sulle piste. Facciamo firmare a tutti una liberatoria prima di farli uscire sui sentieri.

Ma perché Julianna si precipita qui come se fosse la

fine del mondo? Non sapevo nemmeno che fosse uscita a sciare questo pomeriggio.

«È Cali,» dice, ansimando. Le guance sono rosse e mi fa cenno di seguirla.

«Cosa intendi?» La preoccupazione nella mia voce non può essere nascosta o contenuta. Che diavolo ha combinato Cali questa volta?

«Voleva andare a sciare ed è caduta dalla seggiovia.»

«Ovviamente,» mormoro, e mi sfrego la fronte. Infilo gli stivali invernali e afferro una giacca, dirigendomi fuori con Cali alle calcagna.

«Sai se si è fatta male?» chiedo.

«È caduta forte e poi è rotolata giù per la collina. Ma era ancora cosciente.»

«Questo è un bene.» Almeno la parte in cui è ancora cosciente. «Perché diavolo era sulle piste?» Mi dirigo verso l'attrezzatura d'emergenza e prendo una motoslitta con una barella da slitta attaccata.

Afferro una radio e comunico che uno dei nostri ospiti è probabilmente ferito e abbiamo bisogno di unità aggiuntive per cercarla.

Julianna sale dietro e parto, dirigendomi nella direzione che mi indica. «Come diavolo è caduta?» chiedo. La sbarra metallica dovrebbe impedire agli ospiti di finire oltre il bordo.

«Non lo so. Il suo guanto è andato oltre il bordo e poi anche uno dei bastoni. Un attimo dopo, non era più seduta accanto a me, e la seggiovia ondeggiava come impazzita. Ho cercato di tenermi stretta per non cadere anche io.»

«Le avevo detto che non poteva andare sulle piste! Maledizione!» grido, e premo più forte l'acceleratore, cercando di arrivare da Cali il più velocemente possibile.

Perché non ha voluto ascoltarmi?

Il freddo pungente dell'aria e il vento della corsa sulla motoslitta mi bruciano le guance. Non sono vestito per un salvataggio sulla neve. E anche se ho richiesto l'aiuto della nostra pattuglia di sci, devono anche tenere d'occhio gli ospiti sulle piste.

Più ci allontaniamo dal lodge, più ogni centimetro del mio corpo sente il freddo. In lontananza, intravedo i suoi capelli scuri contro la neve. Il sole sta iniziando a tramontare dietro le montagne, e comunico via radio la nostra posizione per ricevere assistenza.

Rallento accanto a lei e scendo dalla motoslitta.

Cali fa una smorfia e lancia uno sguardo a mia figlia. «Hai chiamato *lui* per aiuto?»

Nemmeno io sono felice. Perché diavolo Cali era sulle piste da sci? Si era fatta male alla caviglia pochi giorni fa e continuava a cadere. Cosa le ha fatto pensare che fosse una buona idea?

Mi abbasso al livello di Cali, e Julianna prende il kit di primo soccorso dalla barella. «Passami una torcia,» dico a mia figlia.

Lei apre la borsa e me la porge. La accendo e la punto verso gli occhi di Cali, volendo assicurarmi che non abbia una commozione cerebrale o alcun danno cerebrale permanente. Le sue pupille reagiscono normalmente. È un buon segno.

«Puoi muovere le dita dei piedi per me?»

«Posso stare in piedi, ma mi fa male il ginocchio,» dice Cali. «E la mia caviglia non mi è di aiuto.»

«Non alzarti.» Non voglio rischiare ulteriori lesioni. «Ho una squadra che sta arrivando. Ti caricheremo su quella barella e ti porteremo dal Dr. Reynolds per farti visitare.»

Non appena arriva la squadra di soccorso, la fanno scivolare sulla barella, la assicurano con le cinghie e la avvolgono in una coperta per assicurarsi che non vada in stato di shock o si congeli per il freddo.

Guido la motoslitta al ritorno, prendendo il mio tempo, dato che Cali è attaccata. Non mi fido di nessun altro per questo compito. Una volta arrivato fuori dall'edificio medico, viene portata dentro sulla barella.

Non potendo entrare con lei, aspetto fuori. Gli occhi di Julianna sono rossi, ma sono sicuro che è per il freddo.

«Vai dentro, preparati per la cena,» dico.

«Non ho fame.»

Neanch'io.

Non posso fare a meno di essere preoccupato per le condizioni di Cali.

«È tutta colpa mia.» I suoi occhi si riempiono di lacrime.

«Cosa?» chiedo, tirandola a me per un abbraccio.

«Cali non sarebbe andata a sciare se non l'avessi convinta io. È colpa mia se si è fatta male.»

Accarezzo la schiena di Julianna e la porto dentro la sala d'aspetto della clinica. Almeno, dentro fa caldo. Forse io non merito quel calore, ma mia figlia non deve soffrire a causa delle cose che ho detto e che hanno ferito Cali.

«Non è colpa tua. È stato un incidente,» dico. «Dovresti andare a cena. Puoi chiamare Izzie e vedere se vuole unirsi a te.»

«Ha degli impegni. Aspetterò qui. Voglio vedere Cali.»

Mi siedo sulla dura sedia di plastica. «Anch'io,» dico.

«Non fare storie quando la vedrai.» Julianna si toglie il cappotto, mi porge la giacca e incrocia le braccia sul petto.

Le restituisco la giacca con una spinta. «Vai a metterla via.»

Lei sbuffa e alza gli occhi al cielo. «Va bene. Ma morirò di freddo nell'atrio.»

«Sopravviverai per cinque minuti.»

Lei sbuffa ed esce in fretta dalla clinica verso l'edificio principale. Non resta nell'atrio più di qualche secondo, filando via il più velocemente possibile.

Il silenzio riempie la stanza e, alla fine, Cali emerge dal retro con un paio di stampelle.

Ho forti dubbi sia una buona soluzione. La ragazza riesce a malapena a camminare su due piedi, e ora ha le stampelle?

«Solo una distorsione alla caviglia e un ginocchio contuso,» dice Cali. «Il dottore ha detto che sono stata fortunata a non rompermi niente.»

«E le stampelle sono per...»

«Stabilità, così posso andare da una parte all'altra del lodge. E non devi portarmi in braccio.» Mi sorride con aria sfacciata.

Il mio membro sussulta nei jeans al ricordo di averla portata in braccio. Mi schiarisco la gola, ho bisogno di una distrazione. Le temperature gelide all'esterno dovrebbero bastare. «Sei pronta?» chiedo, aprendo la porta.

Cali fa una smorfia per il freddo e poi zoppica, usando le stampelle attraverso l'atrio. Ci mette più tempo del dovuto. Non è molto abile con quelle, e dire che non sono preoccupato è un eufemismo.

Continuo ad aspettarmi che cada, pronto a balzare in avanti per prenderla.

Apro la porta del lodge, tenendola per lei mentre entra lentamente.

«Cali!» strilla Julianna, e viene di corsa dal corridoio verso di noi.

«Ehi,» dice Cali, con un sorriso caloroso. «Grazie per aver portato aiuto.»

«Anche se era quel vecchio brontolone?» scherza Julianna.

«Sono proprio qui,» dico, agitando la mano davanti a loro. Si comportano come se fossi invisibile, parlando di me proprio davanti ai miei occhi.

«Hai sentito qualcuno parlare?» scherza Cali.

Gemo e alzo gli occhi al cielo. «Voi due dovreste andare a cena insieme.»

Cali mi afferra il braccio, intrecciandolo con il suo. «Grazie per avermi salvato la vita.»

Direi che sta esagerando un po', ma avrebbe potuto morire assiderata se mia figlia non fosse stata con lei e non avesse chiamato aiuto. «Prego. Che ne dite se andiamo tutti insieme a mangiare qualcosa?»

Cali forza un sorriso e si morde il labbro inferiore. Non capisco se è nervosa o esitante. «Penso che andrò in camera mia. È stata una giornata lunga.»

«Devi mangiare,» dico. «Soprattutto se il dottore ti ha dato qualche tipo di antidolorifico.»

«Solo ibuprofene. Non mi ha dato niente di forte,» scherza.

La fisso con uno sguardo severo. «I farmaci non sono uno scherzo.» Mi volto verso Julianna, volendo che anche lei recepisca il messaggio.

«Capito, papà. Cavolo, a volte sei così pesante.» Julianna cammina da un lato mentre Cali zoppica con le stampelle dall'altro.

Vorrei aiutare Cali. Accidenti, la porterei in braccio per tutto il lodge se questo significasse evitare che si faccia male per il resto del suo soggiorno. Ma dubito che me lo permetterebbe.

Ignoro il commento di mia figlia. «Per quanto tempo resterai in città?» chiedo, mantenendo un passo lento accanto a Cali mentre ci avviciniamo al ristorante. Stasera non cucinerò per lei. L'ultima volta che l'ho invitata nel mio attico, ha frainteso le mie intenzioni.

Non che fosse completamente colpa sua. Le ho mandato segnali contrastanti, facendole capire che fossi interessato a lei. Perché lo ero, e non potevo spegnere quei segnali nemmeno se la mia vita dipendesse da quello.

Farò meglio stasera. Manterrò le cose professionali tra noi. Dopotutto, è qui per lavoro e non voglio compromettere la sua recensione del resort.

«Parto dopodomani.»

«E il tuo telefono?» chiede Julianna. «Non l'abbiamo recuperato quando sei caduta dalla seggiovia.»

«Va bene. Tutti i filmati dovrebbero essere stati salvati in cloud. Posso accedervi quando torno a casa. Anche se devo sentire il mio capo e farle sapere che non sto ignorando i suoi messaggi.»

«Puoi usare il mio telefono,» le offro.

Dopo esserci seduti al nostro tavolo privato in fondo, Cali scivola nel separé e io mi siedo di fronte a lei con mia figlia. La cameriera consegna a tutti noi i menu. So già cosa voglio e Julianna non dà nemmeno un'occhiata al menu.

Abbiamo mangiato qui abbastanza volte da sapere cosa è buono e cosa è eccezionale. Nulla è cattivo. Mai.

Ordiniamo, e chiedo una bottiglia di vino bianco per il tavolo insieme a due bicchieri. Julianna non berrà alcolici finché non avrà ventuno anni.

La cameriera ritorna con due bicchieri e stappa la bottiglia, lasciando che lo annusi prima di riempirci i calici.

«Posso averne un sorso?» chiede mia figlia.

«Conosci le regole.» Non posso rischiare che il nostro ristorante perda la licenza per gli alcolici per aver servito minorenni.

Prendo un sorso. L'alcol è dolce e fragrante, per niente amaro. Non c'è quella sensazione di bruciore tipica dei vini economici.

Prendo il mio cellulare dalla tasca dei pantaloni, lo sblocco e lo porgo a Cali. «Spero che ti ricordi il suo numero.»

«Giuro che sembra quello del diavolo,» scherza Cali con una risata. Apre la sezione dei messaggi e inizia a digitare. Emette un lieve sospiro, poi alza lo sguardo verso di me prima di continuare a scrivere il suo messaggio e inviarlo. «Non sapevo che conoscessi Bridget Lancaster.»

Quel nome porta un sapore metallico amaro sulle labbra. «Stai frugando tra i miei contatti?» Allungo la mano verso il mio telefono.

«No, ma il suo nome è apparso quando ho digitato il suo numero. Bridget è la mia capa.»

Il mio stomaco si contrae e le mie mani si serrano a pugno. «Ridammi il telefono adesso,» ringhio, strappandole il dispositivo dalle dita.

«Ex-fidanzata?» ipotizza Cali basandosi sul mio improvviso cambio d'umore.

«No. Anche se quella donna ha cercato di rovinare il mio matrimonio.»

«Come?» Gli occhi di Julianna si illuminano mentre si sporge in avanti, desiderosa di conoscere tutti i dettagli piccanti.

Non è una conversazione da fare davanti a mia figlia quindicenne. «Non parleremo di *Bridget*,» dico con disprezzo. «Quella donna non è stata altro che una minaccia.»

Quella sensazione nauseante nel profondo del mio stomaco non vuole svanire. È per questo che Cali è qui? Per distruggere la mia reputazione e l'attività che ho appena contribuito a risollevare e avviare?

Il Blue Sky Resort ha avuto la sua parte di problemi nell'ultimo decennio, con una situazione di ostaggi tra gli incidenti peggiori che ci sono stati. Ma credevo di poter risollevare il posto e dargli nuova vita. Mi sbagliavo?

«Beh, posso assicurarti, signor Henderson, che la mia videorecensione sarà onesta e genuina. Qualunque dissapore ci sia tra te e Bridget, non si rifletterà nel prodotto finale.»

Vorrei sentirmi sollevato, ma non posso. Non fino a quando non saprò cosa verrà mostrato al mondo.

«Lo apprezzo, e per l'ennesima volta, per favore chiamami Logan.»

«Certo,» dice lei, e le sue guance arrossiscono.

La cena viene portata in tavola, e Julianna nemmeno tocca il suo cibo. Continua a guardare me e Cali.

«Papà, posso portare la mia cena di sopra?» chiede Julianna.

C'è qualcosa che non va? Non si sente bene? «Perché?» chiedo.

«La tensione sessuale tra voi due è palpabile. So che sei arrabbiato per quello che ha fatto mamma,» dice Julianna, fissandomi. «Ma Cali è carina, e per quanto ne so, è single. Godetevi la serata insieme. Solo... non rientrare oltre il coprifuoco.»

Prima che io possa dire a mia figlia di riportare il suo sedere al tavolo e pretendere che mi tenga compagnia, la ragazzina afferra il suo piatto e le posate, filando via dal ristorante.

«Credo che ci abbia appena organizzato un appuntamento,» dice Cali. La sua lingua esce a leccare l'angolo delle sue labbra. Appoggia la forchetta sul tavolo.

«C'è qualcosa che non va nel tuo pasto?»

«No, è solo che... posso chiedere alla cameriera di impacchettarlo e portarlo nella mia stanza.»

Prendo un boccone di branzino cileno, e la salsa fatta in casa che lo condisce è assolutamente straordinaria. Lo chef si è superato ancora una volta.

«Perché dovresti farlo?» chiedo, alzando lo sguardo verso Cali. «Solo perché mia figlia se n'è andata non significa che tu debba andartene. Inoltre, dubito che tu possa portare il tuo cibo in stampelle fino alla tua stanza.»

I suoi occhi si socchiudono. Sa che ho ragione. «Stavo cercando di non rendere questa situazione più imbarazzante di quanto già non sia,» dice Cali.

«Perché è imbarazzante?» Prendo un altro boccone e assaggio il purè di patate all'aglio fatto in casa.

«A parte il fatto che mi odi?» Ride nervosamente, ed evita il mio sguardo mentre giocherella con il cibo.

«Non ti piace il tuo pasto?» insisto, commentando come spinga il cibo intorno al piatto.

Lei forza un sorriso. «Il cibo non è il problema.»

«Allora perché non stai mangiando?» Ignoro la sua osservazione. Mi rifiuto di essere il problema. Non ho fatto nulla di sbagliato. Almeno non oggi. Le ho salvato il culo là fuori nel freddo e nella neve.

Cali sospira e prende un boccone di purè di patate, cercando di dimostrare un punto. Geme al primo assaggio, e qualunque testardaggine fosse attaccata a lei come una sanguisuga, finalmente si dissolve. «Accidenti, è buonissimo. Meglio del sesso,» mormora, e prende un altro boccone.

I suoi occhi si chiudono, e il gemito che emette rende il mio cazzo duro.

Mi sta provocando di proposito?

Si rende conto di ciò che fa, del potere che ha su di me?

«Non credo che un pasto possa essere migliore del sesso.» Devo dissentire da lei.

Non vorrei nemmeno che mi piacesse. Ma per qualche ragione, sono attratto da lei, incapace di distogliere lo sguardo o di dire al mio cuore che si sta sciogliendo di tornare di ghiaccio.

È come se fosse in grado di abbattere la barriera sciogliendo il ghiaccio con il calore del suo sorriso innocente.

Ma è l'unica cosa innocente. Il modo in cui succhia la forchetta e geme è praticamente orgasmico. Sta godendo o sta cercando di farmelo diventare duro come marmo?

Il solo sentirla gemere e vedere il suo corpo reagire mi fa venire voglia di baciarla. Ma non dovrei. È qui solo per lavoro. Cali non cerca di essere portata a letto, e io non sono una da avventure di una notte. Non sono quel tipo di uomo. Quello è il territorio di Wyatt.

Inoltre, mia figlia è di sopra, e non ha bisogno di assistere o sentire le cose oscene che farei a Cali se l'avessi nel mio letto.

«Non lo so, Logan. Queste patate sono buone da morire.»

Per un momento, aspetto che rida o che mi dica che sta scherzando. «Abbiamo le stesse patate,» dico. Il nostro pasto è diverso, ma sono sicuro che le patate all'aglio vengano dalla stessa preparazione.

«E tu pensi ancora che il sesso sia meglio?» Ride e si strofina gli occhi, con le lacrime che affiorano. Almeno non è più turbata. Sta ridendo così forte da piangere. «Scusa.» Alza la mano, cercando di riprendere fiato.

«Perché ti scusi?»

«Perché tu pensi di essere un re a letto,» dice Cali. Ha le guance rosse e si fa aria con la mano. «Te lo dico io; nessun sesso è meglio di questa cena.»

«È una sfida questa?» Dovrei tenere la bocca chiusa. Ma quella donna ha un modo di farmi andare il sangue alla testa. Pensa davvero che quelle patate siano meglio del sesso? Forse l'unico sesso che ha fatto è stato pessimo o non ha mai sperimentato orgasmo dopo orgasmo.

In ogni caso, sono sicuro di poterle far cambiare idea.

«Tu non sei uno da sesso senza impegno,» dice Cali.

Ha ragione, non è una cosa che faccio. Ma per qualche motivo, non mi sembra che questa ragazza stia cercando quello, nemmeno lei. È qui da una settimana, e abbiamo passato più tempo insieme di quanto ne abbia passato con qualsiasi altro ospite che non fosse stato invitato qui personalmente da me.

«Non lo faccio,» dico, fissandola. «È un problema?»

Cali si stringe nelle spalle. «Parto tra due giorni. E senza offesa, ma odio il freddo.»

Sta chiarendo che non ha intenzione di tornare o di restare qui più a lungo. Dovrei essere sconvolto, deluso, affranto.

«Io odio il caldo estivo,» dico, inchiodandola con lo sguardo.

La ragazza accenna un sorriso ironico. «È questa la tua idea di preliminari, vecchietto?»

«Vecchietto?» Sbuffo, e vorrei lanciarmi attraverso il tavolo. Invece, mi alzo e mi sposto intorno al separé. Lei ha la gamba sollevata, e io mi siedo accanto a lei, portando il braccio attorno alle sue spalle protettivamente. «Forse dovrei metterti sulle mie ginocchia, ragazzina.»

Mi dà una gomitata nello stomaco e si appoggia all'indietro, dimenando il sedere contro il mio inguine. «Ho quasi trent'anni.» La testa di Cali si inclina all'indietro sulla mia spalla, e le mie dita le afferrano il collo, inclinandole la testa e tirando le sue labbra verso le mie.

Le nostre labbra si scontrano, e le dita annaspano. Non riesco a saziarmi di lei. Il mio cuore batte contro la gabbia toracica, sforzando di liberarsi.

«Quattordici anni di differenza d'età,» mormoro. Dannazione, è quasi l'età di mia figlia, tranne per il fatto che Cali non è una bambina. È una donna adulta. Ogni centimetro di lei è donna, dalla curva dei suoi seni giù per il resto del suo corpo. È assolutamente perfetta, e voglio che sia tutta mia.

Cazzo. Quella donna sa come farmelo venire ancora più duro.

Mentre la sua lingua spinge dentro la mia bocca, approfondendo il bacio, esplorandomi, tutto ciò a cui riesco a pensare è come sarebbe averla sotto di me, spingere il mio cazzo dentro di lei, ascoltarla gemere e urlare il mio nome.

E dove diavolo andremo?

Non posso portarla a casa mia. Potremmo sgattaiolare nella sua stanza e farlo lì. Non è così che i quasi trentenni dicono di questi tempi?

Le mie dita percorrono le sue cosce, e le accarezzo la figa attraverso lo spesso denim. Lei si struscia contro il mio palmo, e sono grato che il tavolo nasconda quello che stiamo facendo, perché nessuno di noi due è completamente discreto.

«Preferisci ancora il pasto al mio tocco?» chiedo, allontanando la mano.

Cali geme in segno di protesta. Appoggia la fronte contro la mia, ansimando per riprendere fiato. «Voglio... voglio te,» dice, e le sue parole sono come musica per le mie orecchie.

«Non prima che tu finisca la cena. Tutta,» l'avverto. «Avrai bisogno di energie.»

Geme, e io mi allontano, abbastanza da lasciarla mangiare senza soffocare. Il sesso e il resto dei nostri preliminari devono aspettare. La osservo attentamente mentre divora il suo pasto, poi usciamo. Non c'è conto da pagare o mancia da lasciare. Pago già generosamente il mio personale.

«Dove andiamo?» chiede Cali mentre esce dal separé con le stampelle.

«In una stanza,» dico, e la sollevo di peso. «Lascia le stampelle. Farò in modo che qualcuno le riporti alla tua stanza più tardi.» La porto fuori dal ristorante fino all'ascensore.

«A casa tua o a casa mia?»

«A casa tua. Mia figlia è di sopra, e non ho bisogno che ti senta urlare il mio nome tutta la notte.»

«Oh, ma gli ospiti della porta accanto possono ascoltarlo, invee?»

«Almeno non sono parenti,» dico. Premo il pulsante con il gomito per salire. «Che piano?»

«Dodici.»

Premo il pulsante per il dodicesimo piano e aspetto che le doppie porte si chiudano.

«Stavi giocando con me prima, con le patate?» chiedo. A questo punto, non m'importa più, ma voglio sapere la verità.

Scuote la testa, con le braccia attorno al mio collo mentre è rannicchiata contro di me. «Puoi mettermi giù,» dice Cali.

«E rischiare che un altro uomo ti porti via? Non ci penso nemmeno.»

Le sue dita percorrono il mio petto, e io ringhio, cercando come un dannato di mantenere la concentrazione e focalizzarmi su portare Cali nella sua stanza.

«Numero della stanza?» Ho bisogno di sapere in che direzione andare lungo il corridoio.

«Mille duecento ventidue.»

Mi dirigo a destra, e lei è solo quattro stanze più avanti nel corridoio.

«Chiave della stanza?» chiedo, e la metto giù, appoggiandola contro la porta così che possa tirare fuori la sua card.

I suoi occhi si spalancano, e fa una smorfia.

«Lasciami indovinare. È sepolta nella neve insieme al tuo telefono.»

«Probabilmente.»

C'è una chiave pass-partout nel mio ufficio, ma sarà più veloce scendere e far registrare una nuova chiave per la stanza dal personale.

«Resta qui,» borbotto, e mi affretto giù nella hall per

far registrare due card per la stanza e prendere un preservativo dal cassetto della reception.

In tempo record, sono di nuovo al dodicesimo piano. «Ci hai messo abbastanza,» scherza Cali. Sono solo contento che non abbia cambiato idea.

Le consegno le chiavi della stanza e la lascio aprire la porta, invitandomi a entrare. «Accomodati, anche se sono sicura che sai già come è fatta.» Ride e zoppica per due passi prima che io la sollevi di peso.

«Non ti farai male di nuovo alla caviglia o al ginocchio,» dico, portandola al letto. Con delicatezza, la depongo sul materasso, e lei mi fissa con un sorriso malizioso. «Cosa c'è?»

«Sei cavalleresco. Pensavo che succedesse solo nei film e nei libri.»

Le mie dita la liberano dagli stivali. Sono quelli che ha preso in prestito e che dovrà restituire domani al lodge.

Lei slaccia il bottone dei jeans e solleva i fianchi. L'aiuto a liberarsi dei vestiti, ansioso di spogliarla. Voglio divorarla, baciare ogni centimetro della sua pelle perfetta.

Cali fa una smorfia quando i jeans scorrono sulle ginocchia. Ha un livido fresco dalla caduta, ma il dottore ha già controllato le sue ferite.

Mi fermo. Forse non dovremmo farlo stasera. «Dovrei lasciarti riposare.»

«Non osare,» sibila Cali, e si siede gettando le gambe fuori dal letto, pronta a inseguirmi. «Torna qui, Logan. Mi hai promesso di dimostrarmi che il sesso è meglio della cena.»

«Oh, lo è,» dico. Non può convincermi del contrario. «Sei sicura di sentirti all'altezza?» Non voglio farle male, e ha già passato molto. Salgo sul letto, mettendomi a cavalcioni sui suoi fianchi.

Mi chino, coprendo le sue labbra con le mie, rubando avidamente un assaggio. È calda sotto di me, e le sollevo piano la maglietta, togliendogliela dalla testa e lanciandola a terra.

«Com'è che io sono nuda e tu hai ancora tutti i vestiti addosso?»

«Non sei completamente nuda,» dico. Cali indossa ancora mutandine e reggiseno, ma se dipendesse da me, glieli strapperei subito.

Le sue unghie percorrono il mio stomaco e allentano il bottone dei miei jeans. Abbassa lentamente la cerniera, e la sua mano va direttamente al punto.

Le afferro il polso. «Rallenta, *tesoro*.» Le porto il polso giù sul materasso, bloccandola, ammirando la sua bellezza. Ogni centimetro di lei è splendido.

Le mie labbra scendono sul suo collo, premendo un morbido sentiero lungo la sua pelle, assaporando il momento. Non ho intenzione che sia solo per una volta, ma non voglio montarmi la testa: potrei non vederla mai più.

Il che sarebbe folle.

Posso volare fino alla pista d'atterraggio più vicina e andare a trovarla quando voglio. Uno dei vantaggi di essere miliardario. Il mio respiro le solletica la pelle mentre lascio baci ardenti prima di mordicchiare la sua clavicola. Voglio segnarla e far sapere a ogni uomo che appartiene a me.

I suoi fianchi si dimenano sotto di me, strusciando e gemendo solo per i miei baci sulla sua pelle. Le dita di Cali spingono sulla mia maglietta. Tirando la maglietta sopra la mia testa, mi aiuta a spogliarmi. Il suo tocco è come lava, caldo e fluisce attraverso di me fino al mio sesso.

Tenta di farci rotolare, ma non glielo permetto. «La prossima volta, piccola,» sussurro, guardandola dall'alto con un sorriso malizioso. «Prima devi guarire.»

«Piccola? Non sono la tua piccola .» È tutto abbaiare, ma non morde. Ma è una delle cose che amo di Cali.

Amare.

Dentro di me, faccio una smorfia, rimproverandomi per aver già usato una parola del genere.

Ci conosciamo appena. Ma sembra che ci stiamo conoscendo molto in fretta.

Le ringhio contro, prendendo il suo labbro inferiore tra i denti e il gemito che emette mi manda in pura beatitudine. Se morissi tra le sue braccia, sarei un uomo felice.

Sollevo i fianchi dal suo corpo e spingo i miei jeans completamente giù, scalciandoli via sul pavimento. «Sei stupenda,» sussurro, con l'attenzione di nuovo sul suo corpo, venerandola mentre divoro ogni centimetro di lei.

Pizzicando il gancio posteriore del suo reggiseno, il tessuto scivola via con facilità, e abbasso le labbra sui suoi capezzoli, volendo guardarla contorcersi sotto le mie attenzioni.

Trema e fa le fusa, le sue gambe che mi avvolgono.

«Pensi ancora che la cena sia meglio?» la prendo in giro, la mia guancia che accarezza il suo stomaco, la mia barba ruvida e folta. Sono delicato sulla sua pelle, voglio eccitarla ma non farle male.

«Sto decidendo,» risponde con voce roca, ma il sorriso sul suo viso mi dice che è provocatrice quanto immaginavo. Si gode l'attenzione, e le sue dita si intrecciano nei miei capelli mentre le mie labbra si spostano più in basso.

«Quanti orgasmi hai avuto in una notte?» chiedo, scendendo sul suo corpo e baciando un morbido sentiero lungo le sue gambe. Inizio dal retro delle sue ginocchia, andando piano, prendendomi il mio tempo, ascoltando i suoi respiri morbidi e i suoi gemiti mentre mi avvicino sempre di più verso l'interno delle sue cosce.

«Con un partner?» chiede, e le sue dita graffiano le lenzuola. «O da sola?»

Mi piace che ammetta di masturbarsi. La maggior parte delle donne evita questo tipo di discussione, il che mi fa pensare che la prossima volta potrei avere il piacere di guardarla mentre si tocca per me.

«Partner» dico, con la voce che mi tradisce, uscendo più alta di quanto intendessi.

«Uno.»

Un ampio ghigno adorna il mio viso. Sarà un record facile da battere. «Nessuno ti ha mai dato orgasmi multipli?» Sono scioccato. La donna merita di sentirsi in cima al mondo, ripetutamente.

«Non ti emozionare. Sarò impressionata se riuscirai a darmene uno.»

«*Tesoro*, ti prometto non meno di tre.»

Giuro che sembra un incontro di affari dal modo in cui stiamo contrattando.

«E se non mantieni il tuo impegno?» chiede Cali. Un sorriso malizioso le illumina il volto. Ha qualcosa in mente che vuole da me?

«Non devi preoccuparti di questo. Quando avremo finito, avrai perso il conto di quante volte hai gridato il mio nome.»

Le mordo giocosamente l'interno coscia, e lei geme e getta la testa all'indietro, mascella dischiusa, occhi chiusi. «Guardami» le ordino.

I suoi occhi fanno fatica ad aprirsi, quelle profondità blu che mi fissano. Si morde il labbro inferiore, e io traccio un sentiero di baci sulla sua fica attraverso le mutandine. Evito il suo clitoride, ma passo la lingua lungo la sua fessura, assaggiando la sua umidità attraverso il tessuto sottile.

Vuole che vada al sodo. Posso capire che è irrequieta e impaziente, ma non ho intenzione di sprecare il suo primo orgasmo senza una buona dose di preliminari. Voglio che sia eccitata, che la sua figa pulsi, e che mi implori di scoparla.

Cali geme, e una mano vaga tra i miei capelli. Il suo tocco è fantastico. L'altra mano si attorciglia alle lenzuola, tremando mentre le sposto le mutandine di lato e separo le sue pieghe, ammirando i suoi umori lucenti che rivelano quanto sia eccitata.

Agita i fianchi.

«Toglile» dice, suggerendomi che vuole che le tolga le mutandine. Le sue dita si posano sull'elastico, ma non seguo la sua istruzione.

«Non prima che tu abbia avuto il tuo primo orgasmo» dico.

Un gemito le sfugge dalle labbra, e si copre il viso con la mano. «Questa è tortura.»

«Vuoi che mi fermi?» chiedo.

«No!» I suoi occhi si spalancano di colpo, e mi fulmina con lo sguardo. «Voglio che tu mi dia un orgasmo. Uno di quelli di cui ti vanti tanto, ma che non ho ancora sperimentato.»

Sta giocando con me, cercando di farmi cedere ai suoi desideri.

«E lo avrai, quando sarò pronto» dico.

Con la mia mano che tiene le sue mutandine di lato e la sua fica esposta, lecco lungo la sua fessura, assaggiando la sua umidità e stuzzicando le sue labbra gonfie.

Piega le ginocchia per me. «Brava ragazza» dico mentre mi offre una vista migliore e più spazio per leccare e succhiare la sua fica. Ha un sapore dolce e peccaminoso. Spingo la lingua dentro il suo calore, leccando e scopandola con la lingua dove vorrei farlo con il mio cazzo.

Cali sposta i fianchi, inclinandosi in modo che io raggiunga il suo clitoride. «Chiedimi se toccherò il tuo clitoride» dico con un sorriso compiaciuto, e continuo a leccare la sua umidità e il suo calore.

«Toccherai il mio clitoride?»

«Non ancora» dico, stuzzicandola.

Geme e si lamenta, e dopo qualche secondo, porta la mano tra le sue cosce. La lascio toccarsi prima di trascinarle le dita nella mia bocca. Risalgo il suo torso, baciandola, assaggiandola, divorando le sue labbra.

Cali avvolge le gambe intorno a me, cercando di farci rotolare, ma non glielo permetto. «Logan» sussurra, ed è la prima volta che geme il mio nome stanotte. Ma non sarà l'ultima.

Il mio cazzo è durissimo. Cali sembra assolutamente peccaminosa con il mio nome sulle sue labbra. Non è l'unica cosa che voglio sulle sue labbra.

Ringhio e le strappo giù le mutandine, strappando il tessuto nel processo. Il mio cazzo pulsa, e desidero disperatamente essere sepolto dentro il suo calore.

Trascino le dita contro il suo clitoride, volendo portarla oltre il limite, desideroso di sentire i suoi gemiti e sentire il suo calore e la sua strettezza avvolgere il mio membro.

I suoi fianchi si muovono con le mie mani, e la lascio raggiungere il suo primo orgasmo, compiaciuto dai sussulti e gemiti che le sfuggono dalle labbra.

Prima che abbia tempo di riprendersi, afferro un preservativo e me lo infilo, stuzzicando le labbra della sua fica con la punta del mio cazzo.

«Cazzo...» mormora mentre il suo corpo scende dal primo orgasmo.

«Non abbiamo ancora finito, *Tesoro*.» Afferro la sua gamba sana e la sollevo sulla mia spalla, facendo entrare a poco a poco il mio cazzo dentro di lei.

È bagnata e scivolosa ma più stretta di quanto immaginassi.

«Logan...» geme ancora il mio nome mentre mi spingo più in profondità nel suo calore, allargandola e riempiendola con ogni centimetro di me.

Le sue unghie mi percorrono la schiena fino al sedere mentre avvolge le gambe intorno a me.

Le sue guance sono arrossate, la sua pelle è bellissima e luminosa mentre la scopo, spingendo il mio cazzo forte e veloce dentro il suo calore.

Trema e mi stringe, tenendomi come una morsa, e le sue pareti interne fremono intorno a me. Pulsando, geme mentre la seconda ondata di euforia la travolge.

Mantengo il ritmo, non volendo farle perdere l'orgasmo che sta inseguendo mentre grida il mio nome, le mani che si agitano contro le lenzuola prima che io le trascini verso la spalliera del letto e le faccia reggere.

La sua voce si blocca in gola mentre trema attorno a me, stringendosi sul mio cazzo. «Logan!» urla, e giuro che se c'è qualcuno nella stanza accanto a quest'ora, può sentirci. Diamine, la maggior parte dei piani sopra e sotto di noi possono sentirla venire.

Voglio lasciarmi andare e unirmi a lei. Ma le ho promesso tre orgasmi, e cazzo, manterrò quella promessa.

Cali ansima in cerca d'aria, il petto che si alza e si abbassa mentre finalmente crolla contro il materasso, allentando la presa sulle sbarre della testiera.

Adorerei avere questa donna a quattro zampe, ma so che non è possibile con i recenti lividi della sua caduta. È già un miracolo che non abbia una commozione cerebrale.

«Sul fianco,» le ordino, e la guido mentre mi posiziono dietro di lei.

«Non farai niente di strano col sedere, vero?» mi chiede, guardandomi da sopra la spalla.

Ridacchio. «Non mi sembra che tu sia interessata a quel tipo di cose.» La sto prendendo in giro, ma non farei mai nulla con cui Cali non si senta a suo agio e a cui non acconsenta.

Le mie dita sfiorano il suo fondoschiena, ma il mio obiettivo è la sua figa, e guido il mio membro dentro il suo calore. Lascio che le mie dita giochino con le sue pieghe e circolino intorno al clitoride. Ma non tocco quella perla sensibile.

La sua schiena s'inarca, premendosi contro di me mentre inizio la nostra danza, spingendo e ascoltandola gemere il mio nome ancora una volta.

«Cazzo,» grugnisce Cali, le sue dita che affondano nel mio fianco, accarezzandomi con forza. È disperata di toccarmi mentre riaccendo un altro fuoco dentro di lei. «Non pensavo che potessi farne tre,» ansima, cercando di riprendere fiato.

«Oh, potrei andare avanti tutto il giorno con te, *tesoro*,» le dico, e lo penso davvero. C'è qualcosa in Cali che mi fa sentire vivo dentro. Non riesco a ricordare l'ultima volta che ho provato questo per qualcuno.

Non riesco a saziarmi di lei.

Le sue pareti interne stringono il mio cazzo, e sta tremando, appena sul bordo del precipizio. È sufficiente per mostrarmi che è pronta, e lascio che le mie dita premano contro il suo clitoride, stuzzicandolo e sfregandolo, mentre le sue labbra si socchiudono e ansima forte il suo piacere.

«Cali,» grugnisco, trovandomi più vicino al limite. Mi sto disperatamente trattenendo, desiderando cavalcare insieme l'ultima onda. Mordo la sua spalla. Lei geme, stringendosi sul mio membro, il suo interno che pulsa mentre continuo a spingere e a stuzzicare il suo clitoride.

È esattamente ciò di cui ha bisogno, portandola oltre il limite. Le dita dei piedi si contraggono, mentre ansima e trema. Le sue pareti si stringono, rifiutandosi di lasciarmi andare mentre mi spingo a fondo dentro di lei.

Quando allenta la presa su di me, scendo dal letto e getto il preservativo nella spazzatura in bagno. Il mio cuore batte selvaggiamente contro il petto mentre sto ancora riprendendo fiato.

Cali si gira sulla schiena, le palpebre pesanti. «Resta.»

Mi arrampico nel letto accanto a lei, drappeggiando un braccio sul suo petto. «Per un po'.» Sbadiglio. Non posso passare la notte. Mia figlia si preoccuperà se non torno presto a casa.

Ma il sonno prende il sopravvento prima che io possa districarmi dal suo corpo e rimettermi i vestiti.

A un certo punto durante la notte, il mio telefono vibra, e gemo, rendendomi conto che mi sono addormentato. Mi siedo sul letto, afferrando il cellulare. È Julianna.

«Pronto?» Mi strofino il sonno dagli occhi e cerco di sembrare sveglio. Ma è ben oltre l'una del mattino.

«Stai bene? Non sei tornato a casa,» dice Julianna.

«Sto solo badando a Cali,» dico, e faccio una smorfia.

«È un messaggio in codice per dire sesso?» chiede mia figlia, e giuro che probabilmente sta facendo una faccia disgustata.

«La stavo aiutando a cambiare le bende, e abbiamo perso la cognizione del tempo.» È una palese bugia, ma forse la mia quindicenne ci crederà.

«Ricordati solo che se resto fuori oltre il coprifuoco, è perché sto cambiando le bende a un mio amico.»

Non le sfugge niente a questa ragazzina. «Sarò di sopra tra pochi minuti. Devi andare a letto. Domani è un giorno lavorativo.»

Julianna geme. «Va bene. La prossima volta, non chiamerò per vedere se sei ancora vivo.» Termina la chiamata, e io scendo dal letto, recuperando i miei vestiti dal pavimento.

«Tua figlia?» chiede Cali, mettendosi a sedere sul letto. Afferra le coperte, coprendosi. Non che non abbia visto tutto un paio d'ore fa.

«Sì, era preoccupata perché non sono tornato a casa.» Mi sporgo, lasciando un bacio sulle labbra di

Cali, le mie dita che si arricciano nei suoi capelli, tirandola più stretta a me.

Lei geme e cerca di sdraiarsi di nuovo, portandomi con sé.

Con riluttanza, interrompo il bacio. «Vieni a cercarmi domani quando ti svegli. Possiamo fare colazione insieme.»

«È una cosa così intima,» mi prende in giro Cali. «E ho intenzione di dormire fino a tardi. Tu devi lavorare. Io no.»

Si tira le coperte intorno.

«Un brunch?» suggerisco.

«Forse.» Le sue palpebre si chiudono, e non sono sicuro se mi stia liquidando o sia solo stanca. L'ho sfinita. Ma ne è valsa la pena.

EIGHT

Cali

NON POSSO CREDERE di aver fatto sesso con Logan Henderson. Le mie ginocchia tremano come gelatina e le mie viscere pulsano al solo pensiero del membro di quell'uomo dentro di me.

Ha mantenuto la sua promessa di regalarmi tre orgasmi. E ognuno è stato più intenso del precedente.

Domani mattina devo partire presto per andare in aeroporto, quindi passo la giornata a oziare in pigiama e a preparare i bagagli. Nel pomeriggio prendo un taxi fino alla città più vicina per comprare un nuovo cellulare, dato che il mio sembra essere fuori uso.

È sepolto nella neve ma, fortunatamente, anche da remoto, il telefono può essere bloccato se qualcuno dovesse trovarlo.

Non ho visto Logan da stamattina, quando se n'è andata presto ed è tornato nella sua stanza. Non che non voglia vederlo. Vorrei davvero salutarlo come si deve, ma sinceramente non sono sicura di cosa vorrà dopo la notte scorsa.

Non è un uomo interessato a una storia passeggera, ma non è forse quello che abbiamo fatto? Non stiamo uscendo insieme. Non viviamo nemmeno nello stesso stato. Geograficamente, quantomeno siamo sullo stesso continente e vicino alla stessa costa. Ma questo è tutto. Viviamo in due mondi molto diversi.

Io viaggio per lavoro, e principalmente in regioni calde e soleggiate. Lui vive tra gelide montagne. Non sono sicura di poterlo fare tutto l'anno. Certamente, se lui continuasse a tenermi il letto caldo, sarebbe una possibilità, ma so che è stata solo una notte insieme.

Dubito mi chiederà di trasferirmi da lui e mi farà una proposta di matrimonio.

Sarebbe folle.

Qualcuno bussa con decisione alla porta della mia camera. «Sono dentro!» grido. È il servizio in camera? Non sono venuti a rifare il letto o a cambiare gli asciugamani oggi.

«Cali, apri. Sono io.» La voce di Logan attraversa la porta.

Un piccolo sorriso mi tira gli angoli delle labbra mentre mi dirigo verso la porta e tolgo la catenella, sbloccandola. Il mio ginocchio va molto meglio, così come la caviglia. Ho messo un'altra fascia elastica, che aiuta immensamente con il dolore.

«Ehi, entra pure.» Gli faccio cenno di accomodarsi.

«Stai bene? Non ti ho vista di sotto. Dove sono le tue stampelle?»

«Probabilmente, ancora giù al ristorante,» dico con una risata. «In realtà sto bene. Insomma, dovrei stare molto peggio dopo quella caduta di ieri.» Mi sento quasi come se stessi sognando e volessi svegliarmi.

Solo che il sogno è perfetto e ho paura di affrontare la realtà.

«Fammi prendere le stampelle,» dice Logan, e si volta verso la porta.

«Non serve, sto bene.» Gli mostro che posso camminare nella stanza d'albergo con i miei stivali. «Vedi, non zoppico.»

«Quasi,» ammette con un sorriso. «Sembri stare meglio. Forse tre orgasmi erano la medicina di cui avevi bisogno per sentirti meglio.»

Rido. Le mie guance bruciano al solo ricordo della notte scorsa. «Come sta Julianna?» chiedo, curiosa di sapere quanto sia stata dura sua figlia con lui quando è tornato a casa.

«È giù al banco del noleggio attrezzature.» Logan indica i miei scarponi a noleggio. «Ti dispiace se li porto giù?»

«Sei qui per affari quindi?» Sto scherzando solo a metà. È per questo che è venuto nella mia stanza?

«Volevo vederti. Speravo che potessimo fare un brunch, ma ormai è un po' tardi.»

Siamo a metà giornata ma non è stata certamente sprecata. «Scusami, sono uscita di fretta stamattina per prendere un nuovo telefono e configurarlo. Preferisco avere la carta d'imbarco sul telefono.»

Logan annuisce. «È vero. Domani parti.» Fa una pausa e si avvicina a me. «Hai finito con il tuo lavoro?»

«La mia video recensione?» Scuoto la testa. «La monterò in aereo. Ho scaricato tutto il filmato dal cloud, quindi devo solo assemblarlo come voglio.»

«Hai abbastanza riprese? Ti serve qualcosa da me?» chiede Logan.

Accenno un sorriso malizioso. «Volevo un'intervista con il proprietario, ma non ho bisogno che tu venda questo posto a tutte le donne del mondo. Sono geoista.» Sorrido maliziosamente, volendo fargli sapere che non avrà tutte le ragazze che gli corrono dietro quando avrò finito la recensione.

Non sarà una recensione negativa, ma non voglio che le single del paese sappiano che lo scapolo miliardario più ambito del mondo. Lo chiamerei il Burbero della Montagna piuttosto che far sapere a qualcuno com'è veramente.

«Non credo che tu sia egoista,» dice Logan, avvolgendomi la vita con le braccia e tirandomi contro di lui. Le sue labbra schiacciano le mie, e mi sciolgo nel suo abbraccio. «Ma è egoista da parte mia se voglio che tu rimanga più a lungo?»

Gli do un bacio sulla guancia. «Devo tornare a casa, ma possiamo comunque essere amici.»

«Voglio più che un'amicizia con te, Cali. Pensavo di averlo chiarito.»

Il respiro mi si blocca in gola. «Anche io lo vorrei, ma non sono sicura di come potrebbe funzionare. Io vivo a Los Angeles e tu vivi qui a Breckenridge.»

Stringe le labbra e mi passa le dita tra i capelli, sollevandomi il mento per incontrare il suo sguardo intenso. «Possiamo far funzionare una relazione a distanza.»

Ho la sensazione che voglia di più, ma è stata solo una notte e una settimana in montagna.

«Dammi il tuo telefono,» dice Logan, e gli porgo il mio nuovo cellulare, sbloccandolo. Digita il suo numero di telefono e lo salva nei miei contatti. «Mi aspetto che tu mi mandi un messaggio quando il tuo volo atterra e una volta che arrivi a casa sana e salva.»

Non discuto con lui, perché so che la sua richiesta è dettata dalla preoccupazione. Ci tiene a me.

Mette la mano nella tasca dei pantaloni e tira fuori il suo cellulare. «Posso avere il tuo numero?»

Rido e gli afferro il telefono, inserendo rapidamente le mie cifre mentre mi aggiungo come contatto. Invece di inserire il mio nome, digito *La Mia Ragazza*. Mi spingo oltre, dandogli anche il mio indirizzo. Non che pensi che si presenterà, ma voglio che ce l'abbia.

Infila il telefono in tasca, senza aver notato il nome del contatto o il mio indirizzo. Forse è meglio così. Non voglio che mi trovi appiccicosa, perché non lo sono.

Il fatto è che Logan mi piace, molto. E mi piacerebbe che questa diventasse più di una situazione di amici con benefici. Non è nemmeno vero che siamo mai stati amici. Sembrava odiarmi quando ci siamo incontrati la prima volta, e beh, nemmeno io ero troppo entusiasta di lui.

«Che ne dici di mangiare qualcosa di sopra? Vorrei

rifare quella prima sera in cui abbiamo mangiato insieme.»

Non gli faccio notare che la prima sera in realtà ha dato buca a sua figlia e a me per cena. Ma mangiare a casa sua sembra comunque un'idea fantastica, soprattutto se è previsto anche il dessert.

«E tua figlia?» chiedo.

«Si unirà a noi,» risponde Logan.

Non sono delusa di non poter avere Logan tutto per me. Anzi, è una strana sensazione di calore che si insinua dentro di me, facendomi sentire parte della famiglia. Il fatto che mi voglia vicino a sua figlia è un bel cambiamento rispetto a quando ci siamo conosciuti.

«Oh, bene.» Sorrido e prendo un maglione. Non mi aspetto di uscire all'aperto, quindi lascio il cappotto in camera, ma il lodge ha alcuni punti piuttosto freddi.

Lascio il mio telefono nella stanza. L'unica persona da cui ho ricevuto messaggi oggi è stata Bridget, che voleva un aggiornamento sulla mia recensione del resort. È ansiosa di vedere il video prima che lo pubblichi.

Non posso fare a meno di chiedermi cosa sia successo tra Bridget e Logan. Come si conoscono? Era chiaro che non volesse parlarne davanti a Julianna, ma sua figlia non è nella mia stanza d'albergo.

«Posso chiederti una cosa?» Infilo la chiave della stanza nella tasca dei pantaloni, assicurandomi di non rimanere chiusa fuori.

«Qualsiasi cosa,» dice Logan, con gli occhi che mi scrutano dritto nell'anima. Inspiro bruscamente, cercando di riprendere fiato.

«Bridget Lancaster. Quanto conosci bene la mia capa?»

Le sue narici si dilatano e infila le mani nelle tasche. «È amica della mia ex moglie. Anni fa, Bridget ci ha provato con me mentre ero sposato e non sembrava importarle che lei e Jess fossero migliori amiche.»

«Che razza di amica.»

«Oh, lo so.» Gli occhi di Logan si alzano al cielo. «E la cosa è stata persino peggiore. Quando Jess mi tradiva, era solita dirmi che andava a prendere un caffè con Bridget o a vedere un film romantico con lei. In tutta onestà, la usava come scusa per scoparsi il suo nuovo giocattolino.»

Ha le mani strette a pugno lungo i fianchi.

«Mi dispiace, non ne avevo idea,» dico.

«Quella donna è il diavolo.»

Non sono in disaccordo con lui. Non ho mai avuto una particolare simpatia per Bridget. Tuttavia, non ho mai avuto un motivo specifico per non apprezzarla. A volte era dura con me, ma l'ho sempre presa come un tentativo di farmi da mentore nel settore.

«È difficile,» dico.

«E tu lavori per lei.» C'è una tensione che gli scorre nelle vene e lo fa stare più dritto.

«Ti prometto, Logan, che io non sono come lei.»

«Bene, perché non ho nulla a che fare con bugiardi o traditori.» Mi tira nel suo abbraccio. «Niente più discorsi su Bridget, per favore?»

Emetto un sospiro di sollievo. La conversazione è diventata troppo pesante troppo in fretta. «Per me va benissimo.»

Usciamo dalla porta della mia stanza d'albergo. «Hai bisogno che ti porti in braccio?» chiede, sollevandomi da terra mentre mi porta fino all'ascensore.

«Sto bene. Davvero, puoi mettermi giù!» Non riesco a smettere di ridere finché i miei piedi non sono saldamente piantati a terra. Logan tiene il braccio intorno alla mia vita, assicurandosi che io sia stabile e non cada.

È perfetto. Anche troppo perfetto. Perché la sua ex moglie lo ha mai tradito? Quale pazza avrebbe spezzato il cuore di Logan? Non vorrei mai trovarmi bersaglio della sua ira.

«Cali!» Gli occhi di Jules si illuminano quando mi vede entrare dietro a Logan. «Rimani per cena?»

«Sì, se per te va bene.» Non sono sicura di come stia gestendo il fatto che suo padre stia frequentando qualcuno. Tuttavia, sembrava spingerci l'uno verso l'altro ieri sera.

«Mi piacerebbe che rimanessi qui. Intendo, per cena.» Si schiarisce la gola. «Hai parlato con mio padre dello stage estivo?»

«Di quale stage si tratta?» chiede Logan, alzando un sopracciglio verso di me.

«Ogni estate, *Vacationer's Paradise* offre uno stage per almeno uno studente delle superiori.» Gli occhi di Jules sono luminosi e spalancati. «Spero di essere io!»

«Assolutamente no,» interviene Logan. «Non lavorerai con Bridget Lancaster.»

«Ma che ne sarà di Cali? Lavorerei con te, vero?» chiede Jules.

«Sì, ma tuo padre ha ragione. Faresti direttamente riferimento a Bridget mentre aiuti me.»

Jules si lamenta e si lascia cadere sul divano con uno sbuffo. «Che schifo. Perché devo essere punita per quello che hanno fatto Bridget e mamma? Come può essere giusto?»

«La vita non è sempre giusta,» dice Logan. «Prima lo impari, meglio è.»

«È una lezione difficile da insegnare,» dico. «Sono sicura che ci siano buone qualità in Bridget, proprio come ci sono buone qualità in tua madre.»

Logan alza un sopracciglio. «Cosa stai facendo, Cali?»

Onestamente, non lo so. «Sto cercando di ammorbidire un po' il tuo malumore?»

Lui si avvicina, entrando nel mio spazio personale. È abbastanza vicino da poterlo baciare, ma mi trattengo da qualsiasi tipo di intimità davanti a sua figlia. Non sono del tutto sicura di cosa sia appropriato con lei nella stanza.

«Mi piace abbastanza il mio livello di malumore,» dice Logan.

«Io sto dalla parte di Cali, papà. Sei proprio un brontolone.»

Il cellulare di Logan squilla, e lui guarda chi lo sta chiamando prima di silenziarlo. «Devi rispondere?» chiedo.

«Posso richiamare Levi più tardi. Sono sicuro che non sia nulla di urgente.» Logan mi lascia un bacio dolce e casto sulle labbra prima di dirigersi al frigorifero. Lo apre e prende tre filetti mignon da preparare per cena.

«Levi?» chiedo, non sapendo molto di Logan o dei suoi amici o familiari.

«Uno dei miei amici di New York. Ha avuto un anno turbolento. Ho invitato lui e la famiglia al resort.»

«Forse verranno a trovarci,» dice Jules, con gli occhi che si illuminano. «Hanno una figlia di sei anni, Amelia. Non vedo l'ora di portarla a sciare.»

Logan guarda sua figlia. «D'ora in poi non scenderai da quelle piste senza un genitore.»

«Cosa?» strilla Jules. «Non sono caduta io dalla seggiovia. Perché vengo punita?»

Mi mordo la lingua. Jules ha ragione, ma anche Logan. Lui vuole solo il meglio per sua figlia e io non voglio intromettermi. «Posso aiutare con la cena?» chiedo, cercando di evitare l'argomento e sperando di cambiarlo con qualcosa di meno drammatico.

Jules sembra sul punto di scoppiare in lacrime da un momento all'altro. Le sue guance sono rosse, gli occhi spalancati, e continua a stringere i pugni. «Non è giusto,» si lamenta Jules. «So sciare. Lo faccio praticamente da tutta la vita.»

«Lo so, ma devo trovare qualcuno che controlli l'attrezzatura per assicurarsi che la seggiovia non sia difettosa. E conosci le regole riguardo all'avere un compagno di sci. Una bambina di sei anni non è un compagno adeguato per te.»

«È forse peggio di Cali?» chiede Jules, e mi sorride. «Senza offesa.»

«Nessuna offesa,» dico, anche se, in verità, fa un po' male.

Logan prende un tagliere da sotto il bancone e inizia a preparare aglio e cipolle. «Questa discussione è finita. Ce ne preoccuperemo quando Levi verrà in città con Clare e Amelia. Fino ad allora, niente sci senza un adulto presente.»

«Cali è un'adulta e...»

«Basta così!» tuona Logan.

Jules arriccia il naso e sbuffa sottovoce prima di precipitarsi nella sua camera. Sbatte la porta.

«Adolescenti,» mormora lui sottovoce.

Resto in piedi accanto al bancone, stringendo le labbra, chiedendomi cosa posso fare per aiutare. «Vuoi che tagli le verdure?» mi offro.

«No, se le tue abilità con il coltello sono come quelle con il camminare, meglio che usi io i coltelli affilati.» Logan esala un pesante sospiro. «Mi dispiace che tu abbia dovuto assistere a questo,» dice, e fa un gesto verso la camera sul retro dove si è ritirata Jules.

«Non preoccuparti.»

«Non va bene,» dice lui. «È un po' lunatica a volte da quando abbiamo lasciato New York.»

«Non posso immaginare quanto sia stato difficile per lei, fare i bagagli e lasciare indietro tutti quelli che conosceva. Ma sta facendo amicizie. C'è Izzie,» gli ricordo. Avevo conosciuto la sua amica qualche giorno fa.

«Sì, Izzie e Julianna vanno a scuola insieme. Quelle due sembrano inseparabili.» Rimane in silenzio, pensieroso, mentre taglia le verdure.

«Cosa c'è?» chiedo.

«Sto solo pensando ai diversi modi in cui potrei farti rapire e costringerti a rimanere al mio resort.» Ridacchia e mi rivolge un sorriso malizioso. «Sul serio, mi mancherai. Nel caso non l'avessi notato.»

«Ti mancherà portarmi a cena e attraverso il lodge perché tutti guardino e si chiedano cosa stia succedendo e quando toccherà a loro?»

«Non porterò in braccio nessun altro,» dice burbero. «Quello è riservato solo a te.»

Appoggio la mano sul cuore. «Sono onorata di essere l'unica ragazza che porti in braccio per il resort. È qualcosa che posso far incidere su una targa?»

«No.» Sbuffa, e scuote la testa. «Che ne dici di aiutarmi con l'insalata? C'è un cespo di lattuga in frigorifero. Puoi sciacquarlo e spezzettarlo. Mettilo in tre ciotole.»

«Wow, davvero non ti fidi di me con un coltello.» Sto scherzando solo in parte. E non lo biasimo. Sono stata abbastanza goffa questa settimana. Meglio non aggiungere un dito reciso alla lista delle cose andate storte al resort.

«Non voglio che dobbiamo volare fino all'ospedale più vicino, che tra l'altro si trova dall'altra parte della montagna,» dice Logan.

Apro il frigorifero e prendo la lattuga, sciacquandola nel lavandino.

«Quali sono i tuoi programmi per Natale?» mi chiede, lanciandomi un'occhiata.

Se gli dico che non festeggio le ricorrenze, specialmente il Natale, penserà che sono come Scrooge. «Niente di speciale,» rispondo, forzando un sorriso.

«Lo passerai con qualcuno?» mi chiede.

«No, devo tornare a casa per finire il video per il vlog e montarlo. Bridget lo vuole come prima cosa il giorno dopo Natale, quindi devo concentrarmi, registrare la voce fuori campo, cose del genere.» Spero che non mi chieda di restare per Natale.

Non sono pronta per quel livello d'impegno.

Mi piace Logan, molto, ma ha una figlia, e non dovrebbero passare le festività insieme come una famiglia? Inoltre, suo fratello è qui, e dopo lo spettacolo tra Wyatt e Logan al bar, è meglio se noi tre non stiamo insieme nella stessa stanza.

«Peccato,» dice, senza distogliere lo sguardo dal mio. «Dovrò venire giù qualche volta, farti visita quando hai del tempo libero.»

«Mi piacerebbe.»

Un sorriso sfiora i suoi lineamenti. «Proveremo a distanza...» La sua voce si affievolisce, come se stesse lasciando qualcosa in sospeso, anche se non sono sicura cosa.

Lascio correre, non volendo insistere troppo. Non ho mai creduto che le relazioni a distanza possano durare realmente. Possono sopravvivere per un periodo, ma non per sempre. Logan ha appena comprato una stazione sciistica e io sono felice nella soleggiata Los Angeles. Non ci vedo insieme a lungo termine.

La porta della camera da letto cigola e Julianna entra trascinando i piedi nel soggiorno. C'è una certa ruvidezza tra Logan e sua figlia, una tensione dalla lite di prima che vorrei poter far dissipare aprendo una finestra.

Finisco con la lattuga e Logan ordina a sua figlia di tagliare gli altri ingredienti per l'insalata. Julianna non protesta. Ha le spalle curve e fa come le chiede senza storie.

«Papà, pensi che potremmo costruire una sala giochi nella proprietà?» chiede Julianna.

«Non abbiamo già abbastanza sistemi di videogiochi a raccogliere polvere?» Logan indica il soggiorno.

«Intendo giochi stile sala giochi. Pacman. Air Hockey. Stavo chiedendo a Izzie se c'è una sala giochi qui nei paraggi dove potremmo andare qualche volta e mi ha detto che non c'è niente del genere nelle vicinanze.»

Logan emette un pesante sospiro. «Ci penserò.»

«È una grande opportunità d'investimento,» Julianna insiste sull'idea, senza cedere. «Agli adolescenti piace stare insieme senza i genitori. Sarebbe un buon posto d'estate quando gli affari sono lenti per il lodge, o forse anche la sera. Voglio dire, non chiudiamo per la bassa stagione. L'hotel è sempre aperto. Perché non farci una sala giochi?»

«Preferiresti una sala giochi a uno scivolo d'acqua?»

Gli occhi di Julianna si spalancano e le sue labbra si stringono. «Non stavi davvero pensando di trasformare la piscina in un parco acquatico al coperto, vero?»

«Mi è passato per la mente. E sarebbe un ampliamento, non parte della piscina.»

«Possiamo avere entrambi?» chiede Julianna. «Il parco acquatico al coperto sarebbe fantastico per gli ospiti e la sala giochi è meglio per i locali.»

«Prenderò in considerazione la tua richiesta,» dice. «Ma non faccio promesse, su nessuno dei due.»

«Tu che ne pensi?» chiede Julianna, fissandomi, volendo il mio parere. Sono sicura che vuole che mi schieri dalla sua parte e suggerisca che la sala giochi e lo scivolo d'acqua siano la strada da seguire per i periodi di bassa stagione.

«Penso che sia un investimento piuttosto grande e una decisione che spetta interamente a tuo padre.»

Logan accenna un sorriso. «Grazie per essertene tenuta fuori.»

Alzo le braccia in segno di resa. «Non sarò qui per godere dei comfort di nessuna delle due cose.»

Lui geme. «È proprio quello che mi serve, che tu anneghi su uno scivolo d'acqua.»

Il nostro tempo insieme sembra troppo breve, troppo fugace. In un batter d'occhio, sto tornando all'aeroporto, volando a casa, di nuovo a Los Angeles.

Il sole è caldo, il cielo luminoso, e non c'è neve qui a dicembre. È perfetto. Tranne per il fatto che manca una cosa, anzi, tecnicamente due. Logan e sua figlia.

Passo le festività a realizzare tre diverse recensioni video per il Blue Sky Resort. Tutte lodano i servizi che hanno da offrire. Bridget può decidere di usarne una o tutte e tre se lo desidera. Mi ha sempre elogiata per averle dato più opzioni, quindi salvo i file quando ho finito e li carico sul cloud.

Di solito, le manderei un'e-mail, ma è il giorno di Natale e sembra di cattivo gusto. Solo perché io non ho una vita, non significa che altre persone non siano occupate.

Inoltre, Bridget non ha bisogno di sapere che sto passando le mie festività a lavorare. Non è che otterrò un bonus o una paga extra. Sono una freelance. Non c'è stipendio. Nessun benefit. A volte è estenuante. Ma poter soggiornare in hotel, vivere nel lusso, e mangiare e fare vacanze gratis è stato un sogno che si è avverato.

E non a mie spese, il che lo rende ancora migliore.

Mando un messaggio a Logan: *"Buon Natale"*. Non mi

aspetto che mi risponda. È occupato con la sua famiglia, come è giusto che sia.

Il mio telefono emette un suono di notifica. Non dovrei sentirmi così euforica per aver ricevuto un messaggio da lui. Non è il mio fidanzato. Onestamente, non sono sicura di cosa siamo... o non siamo, a dire il vero.

Che stai facendo?

Il suo messaggio mi fa sorridere. Sembra che il papà single burbero sia cambiato. Forse non è così brontolone, dopo tutto.

Sono solo raggomitolata sul divano con una vaschetta di Ben & Jerry's.

Avresti dovuto rimanere qui per Natale. Avrei potuto metterti su un aereo di prima mattina.

Mi sfugge un profondo sospiro. *Dovevo finire il mio lavoro questo fine settimana. Che, vorrei aggiungere, è fantastico. Sarai così sorpreso da quel che ho fatto che resterai senza parole.*

In positivo o in negativo?

Dovrai aspettare e vedere, scrivo, sperando che capisca

che è positivo. Mi piace semplicemente tenerlo sulle spine.

Se fosse negativo, spererei che mi dicessi cosa è andato storto, così da poter rimediare per gli altri ospiti.

È preoccupato che io possa dargli una recensione a una stella e distruggere il resort? Metto il contenitore del gelato sul tavolino mentre gli rispondo.

Intendi dire che cadere dalla seggiovia e quasi morire non è stato motivo sufficiente?

Sto giocando con lui. Almeno, penso che dovrebbe conoscermi abbastanza da capirlo. Abbiamo passato abbastanza tempo a scontrarci e, qualche volta, a finire a letto insieme, per superare le cose brutte che sono successe.

Inizia a scrivere. Tre puntini lampeggiano mentre sta rispondendo prima di scomparire.

Silenzio.

È il giorno di Natale. Probabilmente è occupato e Julianna o Wyatt lo hanno distolto dal telefono.

È solo questo, vero? Stavo scherzando. Doveva sapere che non avrei mai scritto o detto niente di male su di lui o sul suo resort.

Quando il vlog sarà pubblicato, vedrà che gli ho dato cinque stelle e una recensione entusiasta.

Il giorno dopo, sono alla mia scrivania nel mio ufficio, a montare un'ultima clip. Non che Bridget abbia bisogno di una quarta versione, ma voglio qualcosa di divertente che metta in risalto Logan. Ho girato alcune clip, facendo zoom sulle sue braccia spesse e muscolose coperte di tatuaggi. Un'inquadratura feroce e arrabbiata di lui che se ne va furioso, con le mani chiuse a pugno lungo i fianchi.

Un brivido mi percorre la schiena.

Anche quando è furioso, è sexy.

I tacchi di Bridget risuonano sul pavimento mentre si dirige verso il mio ufficio. Alzo lo sguardo dal monitor mentre entra senza nemmeno salutarmi. «Ho esaminato i tuoi video.» Non c'è sorriso sul suo volto, nessun bagliore negli occhi per un lavoro ben fatto.

Si avvicina alla mia scrivania, sedendosi di fronte a me sulla sedia vuota. «Ti ho assegnato molti incarichi, Cali. Mi sono fidata di te affinché dessi una rappresentazione onesta di un resort. Non riesco a capire come tu possa dare cinque stelle a un posto dove ti sei slogata la caviglia e sei caduta da una seggiovia.»

«Quelle cose non sono state colpa sua... del Blue Sky Resort.»

I suoi occhi si stringono e la mascella si contrae mentre stringe i denti. «Il fatto che tu sia caduta da una seggiovia dimostra che il posto è pericoloso. L'attrezzatura ha avuto un malfunzionamento o non c'era una barra per tenerti al sicuro? In ogni caso, è una causa legale pronta per essere intentata. Contatterò un avvocato e potremo fare causa per danni.»

«Non ci sono stati...» inizio, e Bridget mi interrompe.

«So che ti piace vedere tutto con un atteggiamento allegro e solare. Pensavo che mandarti in montagna, in un clima freddo e invernale, ti avrebbe aiutata a darti una nuova prospettiva quando avresti creato il tuo prossimo video. I nostri spettatori non vogliono vedere cinque stelle per ogni destinazione che recensiamo.»

«Non do sempre cinque stelle. Ho dato a quel resort giamaicano con la biancheria sporca quattro stelle.»

Bridget alza gli occhi al cielo, per niente impressionata. «Non sei abbastanza brutale. Ti ho mandata in montagna aspettandomi una recensione a una stella. Odi il freddo, non sei mai andata a sciare in vita tua, ed è pieno inverno. Peccato che non ci sia stata una bufera di neve, così saresti rimasta bloccata al resort. Avresti potuto vedere quanto poco c'era da fare oltre a sciare.»

«È un resort sciistico,» dico. «Non mi aspettavo una spa e una spiaggia.»

Bridget si alza, irritata dalla mia replica. «Non ho bisogno del tuo atteggiamento e, francamente, non ti pago per andare in vacanza e lasciare noiose recensioni a cinque stelle. Dobbiamo essere audaci e innovativi. Vogliamo essere leader nella categoria del tempo libero. Questo non accadrà con te sulla nostra piattaforma.»

La testa mi gira e resto a bocca aperta. «Mi stai licenziando?»

«Ti sto lasciando andare,» dice Bridget. «Il filmato su cui stai lavorando è di nostra proprietà. Non devi toccarlo né pubblicarlo da nessuna parte. È chiaro? Abbiamo pagato il tuo viaggio. Le riprese che hai fatto ci appartengono.»

Esalo un pesante sospiro. «Sì, conosco le clausole del mio contratto.»

«Bene. Raccogli le tue cose. Ti voglio fuori immediatamente.»

NINE

Logan

NON HO AVUTO notizie da Cali. Nemmeno un messaggio di buongiorno o un avviso che dovrei controllare la sua recensione video.

Il mio stomaco continua a brontolare, e lo zittisco con altro caffè. Sono nervoso, e la caffeina non aiuta.

Cali si è divertita immensamente al resort, ma è stato per me o perché il resort merita un'alta valutazione a cinque stelle?

Sono convinto che meritiamo cinque stelle, ma lei la pensa allo stesso modo? È caduta dalla seggiovia ma, secondo Julianna, non aveva nulla a che fare con un malfunzionamento e tutto a che fare con l'imprudenza di Cali.

Quella ragazza dovrebbe essere avvolta nel pluriball.

Do un'occhiata al mio telefono. Dovrei mandarle un messaggio? È stata l'ultima a scrivere e non le ho mai risposto.

Controllo ossessivamente l'app di Clock dove Cali pubblica le sue video recensioni per Vacationer's Paradise. C'è un nuovo video, pubblicato due minuti fa.

Esalando un sospiro, clicco sul video, e ogni paura dentro di me non è nulla rispetto all'orrore a cui assisto. C'è un primo piano dei miei bicipiti, dei tatuaggi che coprono le mie braccia. Non sono abbronzato come vorrei, ma è dicembre.

Non c'è voce fuori campo, solo didascalie che appaiono durante il video.

Il miliardario Logan Henderson, proprietario del Blue Sky Resort.

Ok, quindi la recensione video si concentra un po' troppo su di me, ma forse è colpa mia. Sono andato a letto con Cali.

Bello da vedere. Terribile sulle piste.

Ci sono riprese di un gruppo di lezioni di sci che impara a scendere dalle piste per principianti, con parecchi che cadono e si scontrano tra loro.

Ma non sono io sulle piste. Sta insinuando che non so sciare? Cali non mi ha mai visto con gli sci. Mi strofino il collo e guardo con orrore mentre il video passa da brutto a terribile.

Losco. Pericoloso. Letale. Faresti sciare tuo figlio qui?

È un attacco pubblicitario, peggio del fango che si lancia durante una campagna elettorale.

Il video mostra Julianna e la sua amica Izzie che scendono le piste con lo snowboard. Stanno facendo tutto quello che ho insegnato a mia figlia, compreso indossare il casco per protezione. Ma Izzie cade nella neve.

E poi inizia il vero incubo. Ci sono riprese grezze dai feed di sicurezza di Cali che scivola dalla seggiovia e cade. Non lo vediamo solo una volta. Viene riprodotto al rallentatore tre volte.

Sta cercando di distruggere il lodge sciistico? Vuole

che io fallisca e chiuda il resort? Perché il video è piuttosto dannoso.

Il miliardario Logan Henderson dovrebbe attenersi a ciò che conosce. La grande città.

Dovrei chiudere il video. È ovvio che non verrà niente di buono da quella roba. Il detto che "non esiste cattiva pubblicità" non ha mai conosciuto Cali Sinclair.

Quella donna è brutale.

Spietata.

Una vera selvaggia.

L'unica cosa di cui mi pento più di averla aiutata mentre era qui è aver dormito con lei.

Non posso guardare il resto del video. Chiudo l'app e spingo indietro la sedia da sotto la scrivania. Il lavoro dovrò aspettare. Voglio che ogni ricordo di Cali venga rimosso da casa mia e dal lodge.

Sebbene non possa bruciare i ricordi, posso distruggere le cose che ha toccato. Le lenzuola del mio letto, per cominciare. L'ultima notte insieme quando è rimasta a dormire dopo che Julianna era andata a letto.

La prima cosa nella lista da distruggere sono le lenzuola bianche.

Non voglio più sentire il suo profumo. I suoi feromoni sono assuefacenti e ipnotici. Quella donna, come una strega, mi ha attirato a letto con lei, fingendo di essere qualcuno che non era.

Mi dirigo dritto verso l'ascensore quando Julianna gira l'angolo. «Papà!» chiama, correndomi dietro.

Premo il pulsante per l'ascensore. Non voglio parlare con nessuno.

Ma Julianna corre più velocemente e scivola tra le doppie porte mentre si stanno chiudendo. «Dannazione, Julianna!» grido. Avrebbe potuto farsi male con quella bravata.

Inserisco la chiave nella serratura per l'attico e premo il pulsante.

«Immagino che tu abbia visto il vlog questa mattina,» dice Julianna. Si morde il labbro inferiore. I suoi occhi luccicano per le lacrime.

Le avvolgo il braccio attorno alle spalle. «Mi dispiace.» Scuoto la testa, arrabbiato con me stesso per aver dato fiducia a quella piccola strega. «Avrei dovuto sapere che era meglio non fidarmi di lei. È praticamente della stampae loro distorcono sempre la verità.» L'ho visto innumerevoli volte, non necessariamente con me stesso ma anche con altri che conosco.

«Non è colpa tua se ci ha traditi. E ha fatto sembrare Izzie una sciocca!» Il labbro inferiore di Julianna trema. «Se Izzie vede il video della sua caduta, non mi perdonerà mai.»

Mi schiarisco la gola e mi ergo più dritto. «Contatterò il mio avvocato e farò rimuovere le riprese.»

«Papà, no!» Gli occhi di Julianna si spalancano. «Questo peggiorerà solo le cose. Lascia perdere. Non attirare altra attenzione sulla recensione. Forse sparirà.»

Non sparirà da sola, ma apprezzo il sentimento di mia figlia. Raggiungiamo l'ultimo piano e le doppie porte si aprono.

Julianna esce per prima, e io mi dirigo dritto verso la camera da letto. Non sono sicuro che Julianna sia a conoscenza che Cali ha dormito qui. Abbiamo cercato di mantenerlo segreto.

Strappo le coperte e le lenzuola dal letto. La stanza odora di Cali, con note di mandorla, vaniglia e lavanda. Mi solletica il naso, bruciando i miei sensi. Voglio che tutto venga distrutto.

Mia figlia apre la bocca per dire qualcosa ma la richiude subito. «Hai provato a chiamare Cali?»

«Perché dovrei?» Ha chiarito con quella recensione che era interessata solo a distruggermi. A quella donna non importava nulla dei miei sentimenti, né di quelli di mia figlia, per giunta.

Julianna non risponde. Scuote la testa e apre la doppia porta del balcone, lasciando entrare aria fresca nella camera da letto.

Qualsiasi cosa pur di eliminare l'aroma di Cali dalle mie lenzuola. È inebriante.

Spogliamo il letto e, sebbene vorrei fisicamente bruciare le lenzuola, Julianna mi convince a farle lavare dal nostro servizio di pulizie e sostituirle con biancheria nuova. Possiamo sempre donarle. Sono ancora in condizioni impeccabili. Praticamente nuove.

Il mio telefono squilla, e frugo nella tasca, incerto se sia Wyatt che ha bisogno di aiuto di sotto o qualcun altro che cerca di farmi una domanda o chiede aiuto con un ospite.

Do un'occhiata all'ID del chiamante e rifiuto la chiamata.

«Cali?» chiede Julianna, sbirciando oltre la mia spalla mentre blocco il suo numero.

Non voglio parlarle, mai più.

Alcuni tradimenti feriscono nel profondo e distruggono una persona dentro. Avevo già abbastanza problemi a imparare a fidarmi di un'altra donna dopo che la mia ex mi aveva tradito con il mio migliore amico.

Ciò che Cali ha fatto... il dolore brucia con la stessa intensità, ardendo e costringendomi a sanguinare emotivamente. Non mi aspettavo che mi ingannasse, ma forse avrei dovuto capire che non ci si può fidare delle donne dopo il tradimento di mia moglie.

Non mi aspettavo però un trattamento simile da Cali. Non avrei mai immaginato che quella brunetta avesse un lato cos' oscuro. Era sempre solare, spensierata e dolce. Era tutto una recita?

Mi aveva ingannato completamente.

«Non rispondi alla sua chiamata?» chiede Julianna.

«Non c'è motivo. Voleva solo fare un video virale. Speriamo solo che non funzioni.» Passo il cellulare a mia figlia. «Elimina quell'app Clock dal mio telefono. Non voglio più vedere né l'app né nessuno dei suoi video.»

«Puoi semplicemente bloccare lei sull'app,» dice Julianna.

Alzo un sopracciglio. «Eliminala.» È fortunata che non le stia facendo cancellare l'app anche dal suo telefono. «Che questa sia una lezione, signorina. Gli influencer inseguono la prossima grande tendenza. Lo fanno per le visualizzazioni e i mi piace. Non gli importa chi feriscono o distruggono nel processo.»

«Non è sempre vero,» dice Julianna. Tocca il mio telefono, eliminando l'app, prima di restituirmi il dispositivo. «Sono delusa di non poter fare uno stage con Cali quest'estate.»

Non posso avere questa conversazione con Julianna. Se dipendesse da me, la terrei lontana da tutti gli influencer e dai social media. Non è salutare per lei, seguire qualcuno che vuole diventare famoso e guardarli distruggere la vita di un'altra persona.

Esco furioso dalla camera da letto, lasciando le lenzuola ammucchiate sul pavimento. Mi precipito in soggiorno. Due cuscini mi ricordano Cali, anche se erano lì molto prima che lei mettesse piede nell'attico. Aveva appoggiato la testa su un cuscino mentre era sulle mie ginocchia, e l'altro lo aveva stretto forte contro il petto.

Afferro i cuscini e li getto nella camera da letto sul pavimento insieme al mucchio di lenzuola e coperte.

«Chiama il servizio di pulizia e fai portare via la biancheria e i cuscini sul pavimento. Non voglio mai più vedere quella roba.»

————

Faccio tutto il possibile per dimenticare Cali. Per eliminarla dalla mia memoria. Il suo profumo. Il suo tocco. Il suo sapore sulle mie labbra.

Nei giorni successivi, mi annego nell'alcol finché Wyatt non ruba le bottiglie dall'attico, e sono troppo stanco per scendere al bar.

Se Cali avesse provato a chiamarmi, non potrei comunque saperlo percè ho bloccato il suo numero. .

Contemplo l'idea di sbloccarlo, ma l'impulso passa velocemente come è arrivato.

La disprezzo.

Quella donna ha saputo distruggermi più velocemente di chiunque altro abbia mai incontrato. È disgustosa. Ripugnante. Vile.

Mi bruciano gli occhi, ma non piango. Non sono un uomo che versa lacrime per una donna che conoscevo appena.

«Hai intenzione di restare chiuso qui dentro per sempre?» chiede Wyatt. Incrocia le braccia sul petto.

«Sembra la cosa da fare. Ha distrutto la mia attività.»

«No, sei tu che lo stai facendo, rintanandoti nell'attico invece di accogliere gli ospiti e aiutare il personale. Sai che questo periodo dell'anno è intenso per il resort.»

«Abbiamo avuto un sacco di cancellazioni.» Do la colpa a Cali e al suo tentativo di distruggerci.

«Questo perché le compagnie aeree sono in overbooking. Alcune sono in sciopero. Non puoi incolpare Cali se gli ospiti non riescono a presentarsi. E questo non include neanche le cancellazioni dovute al maltempo. È dicembre. Le tempeste di neve succedono.»

«Sono solo scuse. Dopo Capodanno, vedrai che le cose non ricominceranno a migliorare.»

«Beh, i bambini torneranno a scuola,» dice Wyatt. «Cerca di rilassarti. Fatti un massaggio o qualcosa del genere. Trova una bella biondina al bar. Sfogati e vai avanti, cazzo.»

Gemo e mi passo una mano tra i capelli. «Io non mi sfogo così.»

«E questo è il tuo problema,» dice Wyatt.

«No,» ringhio. «Il mio problema è che sono andato a letto con Cali e mi sono fidato di lei. E vedi dove mi ha portato?»

Wyatt alza le spalle. «Non tutte le donne sono streghe. Tu hai solo sfortuna. Forse lascia che ci parli anch'io, prima di andarci a letto.»

Lancio un'occhiataccia a mio fratello minore. «Ti sei dimenticato di aver conosciuto Cali?»

Un sorriso ironico si diffonde sul suo viso. Di certo non mi aveva avvertito che potesse essere un problema. Ma avrei dovuto vedere da un miglio di distanza tutte le bandiere rosse che sventolavano. Dal momento in cui l'ho incontrata, quella donna era assetata di sangue.

La prima cosa a incontrare la sua ira erano stati i prezzi del negozio che lei trovava esorbitanti.

«Ho una sorpresa per te,» dice Wyatt.

Di sorprese ne ho avute abbastanza per una vita intera. «No, grazie.» Sorseggio la mia birra. È l'unica cosa che resta nell'attico in termini di alcol. Wyatt non crede che io possa ubriacarmi con la birra. Beh, posso sicuramente provarci.

«Ti piacerà questa sorpresa. Resta qui e basta. Non fare niente di stupido.»

Lo fisso con rabbia mentre si dirige verso l'ascensore. Giuro che se porta qui Cali, lo ammazzo. E poi litigherò con lei urlando finché nei miei polmoni non resterà più aria per respirare.

Tracannò la birra e ne prendo una seconda, desiderando di avere qualcosa di più forte, con più mordente.

Qualche minuto dopo, Wyatt torna nella stanza.

Questa volta, con lui c'è il mio vecchio amico, Levi Luxenberg, da New York.

«Levi,» dico, fissando l'ascensore con occhi vitrei. Sono sollevato che non sia Cali e allo stesso tempo... deluso.

Ma che diavolo mi prende?

«Logan,» dice Levi, ed entra nell'attico. Che lo inviti o meno, si sta facendo come se fosse a casa sua. Va dritto al frigorifero e prende una birra per sé. «Ne vuoi una?» chiede a mio fratello.

«Sto bene così,» dice Wyatt, e scuote la testa.

«Perché? Non devi rimanere sobrio. Non vai da nessuna parte stanotte,» mormoro.

Entrambi gli uomini scelgono di ignorare il mio commento. Guardo Levi. «Dov'è Amelia?» chiedo.

Lo ammiro per questo. La maggior parte degli uomini avrebbe lasciato marcire la bambina in affidamento.

Levi non è come la maggior parte degli uomini.

«È con Clare di sotto, stanno mangiando qualcosa.

Hanno trovato Julianna e si stanno aggiornando un po'.»

Gemo. Il pensiero che Levi abbia portato il suo nuovo amore fa male. Non dovrebbe. Dovrei essere felice per loro due.

Voglio essere felice per lui, ma sto annegando nella mia miseria autoinflitta.

«Volo lungo?» chiedo, prendendo un altro sorso di birra, cercando disperatamente di parlare di qualsiasi cosa tranne che della sua vita amorosa. Sono felice che abbia incontrato qualcuno, ma sono più in uno stato d'animo depresso.

È un bene che Amelia e la fidanzata non siano salite. Non sarei in grado di fare da buon padrone di casa.

«Non troppo male,» dice Levi.

Lui vola sempre con un jet privato. Beh, quasi sempre. Ha una bella storia su quell'unica volta che ha preso un volo di linea e di come ha conosciuto la tata di sua figlia. Di solito è dolce e mi piace sentirla, ma in questo momento sarebbe troppo sdolcinata.

«Wyatt mi ha raccontato dell'influencer,» dice Levi.

«Davvero?» Lancio un'occhiataccia a mio fratello. «Ti ha fatto vedere anche il video che ha fatto?»

Levi si schiarisce la gola. Ha la fronte corrugata, e non riesco a capire se ha visto il video perché Wyatt gliel'ha mandato o perché è diventato virale e mi compatisce.

Non voglio saperlo. Preferirei essere come una tartaruga e nascondermi nel mio guscio. Diventare un recluso. Non dover conversare con nessuno.

«L'ho visto,» dice Levi. «Ma non mi preoccuperei. Non era una di cui fidarsi. Incontrerai un'altra ragazza che non ha intenzione di assassinarti nel sonno.»

Penso che stia scherzando, ma non sorrido. Levi, invece, sta sorridendo. «Rilassati. Sono venuto qui per offrirti alcune idee.»

«Idee?» È riuscito a risollevare le sorti della catena di hotel che possiede. Ha ereditato l'attività da suo padre, ma stava andando male quando ne ha preso il controllo.

«Per cominciare, forse quello che la ragazza ha fatto era sbagliato, ma l'idea alla base era buona.»

Non lo seguo, e non c'è nemmeno l'accenno di un sorriso sul mio viso. Sono esausto. Non ho voglia di parlare di affari a quest'ora. «Possiamo lasciare la discussione di lavoro per domani?» chiedo.

Inclino la testa all'indietro e mi scrocchio il collo da un lato all'altro prima di finire l'ultimo sorso di birra. Ne prendo un'altra dal frigorifero e gli faccio cenno di unirsi a me sul divano. Tanto non penso debba andarsene presto.

Levi aveva parlato di venire per qualche giorno, portando Amelia, per darle lezioni di snowboard. Solo che non mi aspettavo che si presentassero senza preavviso e senza invito. Anche se ho la sensazione che sia stato Wyatt a invitarli.

E sicuramente al resort lo spazio non ci manca.

«Sì, certo,» dice Levi. «Come preferisci.»

Voglio dimenticare la splendida bruna dagli occhi azzurri e con quel culo sexy. Voglio eliminarla dalla mia mente, e se potessi tornare indietro, cambierei tutto sul nostro incontro. Non l'avrei portata a cena né le avrei prestato la minima attenzione.

Quando si è fatta male, avrei fatto sì che fosse un

altro membro dello staff a soccorrerla, e di certo non mi sarei infilato nel suo letto per darle tre orgasmi.

Le mie mani si chiudono a pugno.

Non l'avrei mai fatta entrare nel mio attico. Non le avrei cucinato la cena. Non l'avrei lasciata diventare parte della mia famiglia con mia figlia, condividendo un pasto e poi portandola di nascosto nella mia camera da letto dopo un film in salotto.

Non ho mai rimpianto così tanto qualcosa o qualcuno nella mia vita.

La colpa è solo mia.

Fidarmi di lei è stato un mio errore. Dopo Jess, sapevo che non avrei mai dovuto fidarmi di un'altra donna, eccetto mia figlia, e invece mi sono tuffato a capofitto a scopare Cali perché ho ascoltato il mio cazzo invece della mia testa.

Mai più.

TEN

Cali

NON ESISTONO SUSSIDI di disoccupazione quando vieni licenziata da una posizione a contratto. Quindi, sono costretta a cercare lavoro ovunque.

Il mercato del lavoro di Los Angeles sembra piuttosto limitato. Tutti vogliono o sottopagare per la posizione o assumere stagisti. Nessuna di queste opzioni fa per me.

E ho bisogno di qualcosa a tempo pieno.

Ripensandoci, avevo un ufficio e orari fissi. Sono abbastanza sicura che Bridget avrebbe dovuto pagarmi come dipendente e non come libera professionista. Stava cercando di evitare di pagare i benefit, compresa la previdenza sociale, che invece ho dovuto pagare io.

Potrei metterla nei guai per questo? Sì, ma non ne varrebbe la pena.

Quella donna mi ha fregato.

Voglio solo andare avanti e non guardarmi più indietro.

Ha preso il filmato che avevo, l'ha modificato, manipolato, e poi l'ha pubblicato online, facendo apparire Logan come il cattivo, cosa completamente falsa e ingiusta.

Sebbene fosse un po' burbero i primi tempi che l'ho conosciuto ho iniziato a conoscerlo, le didascalie che lei ha messo nel video erano del tutto ingiuste.

L'ho guardato una volta e sono rimasta disgustata. Non potevo guardarlo di nuovo e non volevo darle visualizzazioni extra guardandolo ripetutamente.

Ho provato a sentire Logan. Non ha voluto rispondere alle mie chiamate. Non ho il numero di Julianna né quello di Wyatt. Quando ho provato a chiamare l'hotel e farmelo passare, Wyatt mi ha detto di lasciare in pace Logan e ha riattaccato bruscamente.

Nessuno mi ha permesso di spiegare cosa fosse successo.

Se avessi i soldi, volerei a Breckenridge per spiegare tutto a Logan. Ma non ho i fondi. Riesco a malapena a far quadrare i conti da quando il mio ultimo stipendio è stato decurtato. Bridget ha deciso di non pagarmi per i miei servizi per l'ultimo incarico, dato che non ha utilizzato il filmato che avevo montato.

Anche se in realtà l'ha usato. Ha tagliato le clip che avevo e ne ha fatto una sua storia dell'orrore, dando al resort zero stelle. Non è nemmeno una cosa che facciamo normalmente!

Bridget ce l'aveva con Logan fin dall'inizio?

Ovviamente, c'è del rancore tra loro due. E lei ha chiarito che si aspettava che io creassi una recensione video impietosa. È per questo che mi ha mandata in montagna pur sapendo che detesto il freddo.

Quella donna è spregevole.

Ma Logan pensa che io sia il mostro che l'ha venduto. Non sono stata io, e se non risponde alle mie chiamate, come posso spiegargli cosa è successo?

Gli ho scritto una lettera, ma è tornata indietro come rifiutata. Non l'ha nemmeno aperta.

Mi odia.

Non c'è altro da fare che andare avanti. Trovare un altro lavoro e considerare questa come una lezione di vita. Non mischiare affari e piacere.

Non avrei dovuto andare a letto con Logan. Non che me ne penta nemmeno per un istante, ma non è stata una decisione saggia.

Sono passate settimane da quando l'ho visto o ci ho parlato. Ho un colloquio programmato fuori dallo stato. Non posso permettermi il biglietto aereo, ma l'azienda si è offerta di pagare il volo dopo aver fatto due colloqui telefonici e video con il personale.

Stanno cercando di espandere la loro catena di hotel in diversi mercati esteri. Vogliono un'influencer che possa aiutarli a promuoversi sui social media, incoraggiando i viaggi in quei paesi e suggerendo la catena di hotel Luxenberg come alloggio.

Non mi lamento. È un lavoro, e la paga deve essere migliore di quello che guadagnavo. Inoltre, sono in ritardo con le bollette e ho messo tutto sulla carta di credito per poter pagare l'affitto.

Non posso continuare così. Ho bisogno di un lavoro, anche se si tratta di girare hamburger o fare panini. Sarà la mia prossima opzione se questo non colloquio non andasse a buon fine.

Non sono mai stata a New York prima d'ora. È inverno, febbraio, e fa freddo. C'è neve per terra ma non abbastanza da farmi arrivare in ritardo al colloquio. Tuttavia, non sono vestita abbastanza pesante per il freddo.

Tremo mentre mi precipito nell'edificio, i miei tacchi neri che scivolano sul marciapiede ghiacciato.

Impreco, ma riesco a non cadere sul sedere o a sbucciarmi il ginocchio. Non ho bisogno di collant strappati per il primo incontro con l'azienda.

Ho il collo indolenzito e il braccio mi fa male per aver cercato di tenermi. Sono riuscita a stirarmi un muscolo, ma poteva andare peggio.

Odio i tacchi. Li sto indossando solo per sembrare professionale. Ho parlato con diversi membri dello staff tramite videoconferenza, ma mi stanno facendo incontrare l'amministratore delegato di persona.

Mi registro alla reception principale e mi viene consegnato un pass per visitatori e indicata la direzione degli ascensori.

Entro nell'ascensore, esalando un profondo sospiro. Come indicato, premo il pulsante per il trentacinquesimo piano, e la cabina dell'ascensore sale a velocità record. Il cuore mi batte forte nel petto, e lo stomaco è un groviglio di nervi. Stamattina ho a malapena toccato la colazione, temendo di sentirmi male.

Non dovrei essere nervosa, ma questa è una grande azienda e un colloquio importantissimo. Se ottenessi il lavoro, probabilmente dovrei trasferirmi a New York, ma almeno potrei pagare le mie bollette.

Non che New York sia più economica di Los Angeles.

Avrei dovuto cercare lavoro in qualche piccola città con un'azienda che necessitava di una presenza sui social media. Ma è stata proprio una piccola città a portarmi a Logan Henderson, e non voglio ripercorrere quella strada.

Le piccole città significano che tutti si conoscono. Non ci sono segreti. Se esci con qualcuno e non funziona, lo incontrerai sempre al supermercato, alla stazione di servizio o al ristorante. No grazie.

Ho chiuso con quella vita. Una settimana è stata troppo.

Le porte dell'ascensore suonano quando raggiungo il trentacinquesimo piano ed esco. C'è un'altra reception all'ingresso.

«Posso aiutarla?»

«Sì, sono qui per vedere il signor Luxenberg. Ho un appuntamento con lui.»

«E Lei sarebbe?» chiede la donna.

«Cali Sinclair.»

«Solo un attimo,» dice, e afferra il telefono, informandolo che la candidata per il colloquio è arrivata.

«Vada pure avanti. È dritto e poi giù per il corridoio.» La donna mi fa cenno di procedere. E mentre mi sorprende che nessuno mi accompagni, è chiaro che tutti sono incredibilmente occupati.

La porta è chiusa, e mentre mi avvicino, si spalanca. Logan esce. «Cali?»

«Logan?» dico, guardandolo. È come se mi avessero tolto il fiato. «Io...» Ho così tanto da dire, ma non esce velocemente come vorrei.

«Signorina Sinclair?» tuona la voce di un gentiluomo dall'ufficio, in attesa che io entri.

«Devo andare,» dico, indicando la porta. «Mi dispiace... per tutto.» Mi mordo il labbro inferiore, fino a farlo diventare rosso mentre passo oltre Logan e chiudo la porta. Non sono sicura se il signor Luxenberg voglia la porta dell'ufficio chiusa, ma non voglio che Logan rimanga nei paraggi.

In effetti, come si conoscono Logan e il signor Luxenberg?

Il gentiluomo dietro la scrivania si alza e mi viene incontro, stringendomi la mano. «Sono Levi, e Lei deve essere la signorina Sinclair.»

«La prego, mi chiami Cali,» dico. Se lui non vuole essere formale, nemmeno io lo sarò.

«Prego, si accomodi,» dice Levi.

Faccio come mi chiede, sedendomi di fronte a lui mentre lui esamina il mio curriculum. I suoi occhi si increspano, e mi offre un sorriso a labbra strette. «Cosa la porta fin qui dalla California, e non mi dica solo che è per il lavoro.»

Esalo un respiro pesante.

Merda.

Se Levi e Logan sono amici, non mi assumerà mai se scopre chi sono.

«Lunga storia,» dico, e agito la mano con noncuranza. «Non è molto interessante. Sto cercando un nuovo inizio.»

La porta dell'ufficio cigola aprendosi, e Logan ritorna con una tazza di caffè caldo.

La mia giornata è appena passata da brutta a peggiore.

«Il signor Henderson si unirà a noi per il colloquio,» dice Levi. «Stiamo cercando di espandere i nostri social media alla nostra stazione sciistica.»

«Cosa?» Mi gira la testa. «Nel colloquio precedente, Janet, aveva menzionato che stavate cercando qualcuno per fare campagne sui social media per l'Europa.»

«È così, ma quella posizione è stata ricoperta internamente. La descrizione del lavoro rimane la stessa. Dovresti solo lavorare su una linea di prodotti diversa. È un problema?» chiede Levi.

Faccio un respiro profondo. «Certo che no,» dico, forzando un sorriso.

Logan sorseggia il suo caffè, in piedi vicino alla porta.

«Ti siedi?» chiede Levi, guardando il suo collega.

Non mi ero resa conto che Logan fosse coinvolto con la Luxenberg Enterprises. Ha venduto la sua stazione sciistica a una grande azienda dopo la terribile recensione video che Bridget ha creato e pubblicato online?

Logan si avvicina e si appoggia al muro tra Levi e me. «Mi piacerebbe sentire della tua precedente esperienza. Una recente campagna che hai fatto che ha avuto un impatto negativo.»

Non può essere serio.

Questa è la mia occasione per scusarmi e sistemare tutto ciò che è andato storto. Ma accetterà le mie scuse?

Ho bisogno di questo lavoro per pagare le mie bollette. Non posso continuare a rimandare i pagamenti della mia carta di credito, aggiungendovi bollette e affitto, e pagando solo il minimo.

Mi agito sulla sedia, raddrizzando la schiena e assicurandomi che i piedi siano ben piantati a terra. «Non ho mai creato una campagna che abbia avuto un impatto negativo.»

«Non assumiamo bugiardi,» dice Logan, staccandosi dal muro e mettendosi più dritto.

«Ci sono state alcune campagne che ho realizzato che non hanno avuto tanto successo quanto altre, ma non ho mai danneggiato intenzionalmente un'azienda o la sua reputazione.»

«Stronzate.»

Levi solleva un sopracciglio. «Deduco che voi due vi conosciate?» Si appoggia allo schienale della sedia, incrociando le braccia sul petto.

Gli toccherà assiste a quello spettacolo, che lo voglia o no.

«È la ragazza che ha pubblicato quella video recensione che ha tentato di distruggere la mia azienda. Non c'è nessuna possibilità che la assuma per lavorare per me,» dice Logan.

«Posso spiegare?»

«Ti prego, fallo,» dice Levi. Dà un'occhiata al mio curriculum e prende una penna dalla scrivania, annotando qualcosa.

«Non resterò qui ad ascoltare le tue scuse.» Logan si dirige verso la porta.

«Mi dispiace,» dico. «Ma non era la mia video recensione. Bridget ha preso le mie riprese e ha creato un suo contenuto da pubblicare.»

Logan si ferma alla porta e sbuffa sottovoce. «Bel tentativo.» Apre la porta ed esce, rifiutandosi di guardarmi.

Levi fa una smorfia e intreccia le mani. «Purtroppo, anche se fossi la candidata giusta, dovresti lavorare direttamente sotto Logan Henderson, a tempo pieno. Non credo che sia possibile.»

Faccio una smorfia e scuoto la testa. «Non sono venuta qui per lavorare per Logan.» Non che mi assumerebbe comunque. «Ma vorrei spiegare cosa è successo.» Anche se dubito che Levi prenderà le mie parti o parlerà con Logan di questo, forse può trovare un'altra opportunità per me nella sua azienda. Un'altra sede in cui lavorare?

«Ho visto il video. Avrei dovuto mettere insieme i pezzi. Non mi è passato per la mente che tu potessi essere la stessa Cali Sinclair della ragazza in California che ha calpestato il cuore del mio amico.»

Sussulto. «Il video che hai visto non è quello che ho creato io.» Infilo la mano in tasca, estraendo una chiavetta USB. «Ho diverse video recensioni insieme ad altri campioni che ho preparato per questo colloquio.» Faccio scivolare il piccolo dispositivo sulla scrivania. «Per favore, prendila.»

«Puoi spiegare perché hai lasciato il tuo precedente incarico?» chiede Levi.

«La mia capa, Bridget Lancaster, ha insistito che smettessi di dare recensioni positive a cinque stelle ai resort che visito. Mi ha mandato in montagna d'inverno, sperando che cogliessi il suo suggerimento e creassi un pezzo critico per il vlog.»

«E cosa è successo?»

Indico la chiavetta USB. «Puoi vedere i contenuti che ho creato per il Blue Sky Resort. Mostrano di cosa sono capace, e ti assicuro che, anche se le riprese video che potresti aver visto da Vacationer's Paradise erano mie, non tutto era destinato ad essere mostrato. E le didascalie e l'audio non erano opera mia.»

Levi mi offre un sorriso caloroso. «Esaminerò questi e guarderò più approfonditamente il tuo portfolio. Ma devi sapere che sarà Logan a prendere la decisione finale.»

«Posso chiedere quanti altri candidati avevate selezionato per il lavoro?» Mi hanno fatto volare dalla California. Avrei dovuto avere ottime possibilità di ottenere il posto prima che apparisse Logan.

Ma non è colpa sua. Non mi era stato detto che avrei lavorato a un progetto di resort in montagna.

«Ci sono alcuni candidati,» dice Levi, a labbra strette. «Mentre l'annuncio di lavoro originale avrebbe richiesto al candidato di trasferirsi a New York, questa posizione richiederebbe che tu vivessi in Montana.»

Rido sottovoce.

«È un problema, signorina Sinclair?» chiede Levi.

«No, signore. Ma se devo essere sincera, non credo che Logan lo approverà mai, e non riesco a immaginare che potremmo lavorare bene insieme.»

Levi annuisce e annota qualcosa. «Lascia che ne parli con lui. Ti faremo sapere.» Si alza e mi accompagna fuori dal suo ufficio, lungo il corridoio, passando davanti a Logan, che sta borbottando con la receptionist vicino all'ascensore.

Probabilmente le sta riempiendo le orecchie di sciocchezze.

Sta andando a letto anche con lei?

ELEVEN

Logan

«AVRESTI POTUTO AVVERTIRMI!»

Il mio corpo formicola di rabbia, come un vulcano pronto a esplodere in qualsiasi momento.

Alcuni membri del personale stanno guardando nella nostra direzione dal corridoio.

. . .

Cali è nell'ascensore che sta scendendo. Aspetto il più pazientemente possibile prima del mio improvviso sfogo.

«Discutiamone in privato,» dice Levi, e si dirige verso il suo ufficio.

Non sono uno dei suoi dipendenti. Non lavoro per Levi Luxenberg. Siamo alla pari. Beh, tecnicamente, sono io l'azionista di maggioranza del resort.

Quando venne in visita a dicembre, propose alcune idee valide che mi fecero considerare di renderlo comproprietario. Riceve una piccola percentuale, oltre a una quota di royalty per ogni biglietto delle piste che vendiamo al giorno.

In cambio, si occupa dell'assunzione ufficiale del nostro esperto di social media, che ci aiuterà con la nostra immagine e ci darà la pubblicità di cui abbiamo bisogno. La posizione funziona sotto la mia leadership ma viene pagata attraverso la Luxenberg

Enterprises. Il dipendente dovrà riferire a me ed essere residente a Breckenridge o nei dintorni. Non è un ruolo che si può svolgere da casa o dall'altra parte del paese.

Chiude la porta dell'ufficio più delicatamente di quanto avrei fatto io mentre entro come una furia. «Pensi che sia divertente portare Cali qui per un colloquio?» Voglio prendere a pugni qualcosa o qualcuno. Forse dovrei trovare la sala fitness. Levi ne avrà sicuramente una per i suoi dipendenti.

Levi sorride, con le spalle rilassate. Non è minimamente teso o nervoso per quanto appena accaduto. Dev'essere bello.

«Sono rimasto sorpreso quanto te,» dice. Si siede dietro la sua scrivania e prende la chiavetta USB, inserendola nella porta. «Ma tu stesso hai detto che il video che ha realizzato ha generato molto traffico.»

.   .   .

«Me l'ha detto Wyatt. Non l'ho più guardato dal giorno dopo Natale.» È impresso nella mia mente, con tutte le cose orribili che ha detto sull'azienda e su di me. È difficile separare le due cose quando possiedo lo stabilimento e ci vivo. Sono orgoglioso del mio lavoro e dei miei successi.

Dovrei essere grato di non aver ricevuto nulla da un avvocato dopo la caduta di Cali dalla seggiovia.

«Sapevi che Cali lavorava per Bridget Lancaster?» chiede Levi.

Mi massaggio la nuca e mi siedo sulla sedia di fronte a Levi. «L'ha menzionato tempo fa.» Me n'ero dimenticato. Era una cosa facile da cancellare dalla mente dopo tutto quello che è successo.

«Quella donna ce l'ha sempre avuta con te.»

. . .

«Sembra che tutte le donne ce l'abbiano con me,» mormoro. Cali inclusa.

Levi sceglie di ignorare la mia osservazione. Sono sicuro si sia reso conto che discutendo con me di questo, non ricaverà comunque niente di buono.. «Cali mi ha inviato alcuni campioni aggiuntivi. Sostiene che il video che abbiamo visto sul blog non fosse il suo.»

«Chi altro ha girato le riprese?»

«Non sta dicendo che non l'abbia girato lei, ma che la recensione e le didascalie non erano sue. Ha lasciato il lavoro quella mattina, o è stata licenziata,» dice.

«Non capisco.»

«Credo che Bridget abbia realizzato il video e, allo

stesso tempo, abbia licenziato Cali perché non ha fatto ciò che voleva.»

Rido sottovoce. «Quindi Cali non è un'impiegata modello.»

Levi apre la cartella sul computer con la chiavetta USB e gira lo schermo in modo che possiamo entrambi vedere il contenuto. Passa al primo video, che mostra il Blue Sky Resort, e le riprese sono sulle piste, con bambini e famiglie che ridono e si divertono. C'è un video del lodge, del ristorante, del cibo sul tavolo e del negozio. La recensione è positiva ed entusiasta.

Mi alzo in piedi, avendo visto abbastanza. «Doveva sapere che veniva per un colloquio per il mio resort.»

«Non credo sia possibile. L'annuncio di lavoro non lo menzionava, ed è stato solo ieri che abbiamo ufficializzato il trasferimento interno per un'altra posizione, altrimenti avresti avuto un altro candidato per il lavoro.»

Non so chi sia l'altro candidato, ma deve essere meglio che avere a che fare con Cali ogni maledetto giorno. «Voglio l'altro candidato,» dico.

«Non è un'opzione. Le abbiamo accennato che la posizione avrebbe richiesto un trasferimento in Montana, e lei ha rifiutato. Ha chiesto se potesse passare alla nuova divisione per i nostri progetti di social media internazionali. Data la sua esperienza e gli anni in azienda, è stata la decisione migliore per tutti.»

«Tutti tranne me.»

«Ti ho trovato una candidata spettacolare. Non posso farci niente se vi odiate a vicenda.»

. . .

Apro la bocca per obiettare e dire a Levi che non la odio, ma non ci riesco. Sono arrabbiato. Amareggiato. Risentito.

«Perché ha lasciato *Vacationer's Paradise*?» chiedo.

«Dovrai chiederlo a lei,» dice Levi. Inizia il prossimo video, ed è simile all'ultimo, il testo è diverso, ma è un'altra recensione entusiastica a cinque stelle. «Ma è chiaro nel contenuto creativo che il video sul loro sito web non è opera sua. Può avere filmato le clip, ma questo è tutto ciò di cui è responsabile. Il testo è diverso, anche l'impaginazione grafica.»

«Come diavolo hanno ottenuto le riprese di sorveglianza della sua caduta?» chiedo, ricordando che l'originale conteneva un filmato della sua caduta dalla seggiovia, che veniva mostrato ripetutamente.

«Non ti ha contattato un avvocato?» chiede Levi. «Presumevo che qualcuno avesse richiesto le riprese come parte di una causa in corso.»

. . .

«Niente.»

Emette un respiro pesante e si accarezza il mento. «È strano e interessante allo stesso tempo. Non credo che Cali c'entri. Non sembra il tipo.»

«Ha cercato di distruggere la mia azienda con un solo video. Cosa ti fa pensare che non sia il tipo?» ringhio.

Levi si alza e si avvicina a un mini-frigo nel suo ufficio. Lo apre e prende due bottiglie d'acqua.

«Non ho sete» dico.

Mi spinge la bottiglia nelle mani. «Hai già bevuto abbastanza caffeina, ed è troppo presto per bere qualsiasi cosa disponibile in un bar. Acqua,» dice, come se fosse un ordine.

. . .

Maledetto.

Svito il tappo e bevo un sorso. «Quella donna mi irrita, Levi. Non posso lavorare con lei.»

«È molto talentuosa.» Mi ignora e fa partire la terza videoclip dal file. Ci sono più grafiche, testo e una voce fuori campo con Cali.

Trattengo il respiro e le mie dita schiacciano involontariamente la bottiglia d'acqua aperta nella mia mano, schizzandomi. Impreco e salto in piedi, togliendomi la giacca. «C'è la possibilità che tu abbia dei tovaglioli di carta in giro?»

«C'è un asciugamano nel bagno.»

Borbotto ed esco a grandi passi dal suo ufficio, con la camicia inzuppata. Ricevo alcuni sguardi strani mentre entro, ma fortunatamente l'acqua non è finita sul cavallo dei pantaloni. Sarebbe stata l'unica cosa che avrebbe potuto rendere questa giornata peggiore.

Dopo il lavoro, Levi ed io andiamo al bar per sfogare un po' di tensione. Amelia è con Clare.

«Come va tra te e Clare?» chiedo, desiderando parlare di qualsiasi cosa tranne che di Cali e dei colloqui. Abbiamo fatto due incontri con dei candidati, incluso quello con Cali, ed era chiaro che lei fosse la persona adatta per il lavoro. Ma sono convinto che chiunque altro sarebbe comunque meglio che scontrarmi con la bella strega che ha rubato il mio cuore e lo ha calpestato pubblicamente davanti a tutti.

Almeno, è così che mi sento.

Sono un po' melodrammatico, ma non posso fare a meno di essere arrabbiato con lei, e l'unico modo per cancellare quel dolore è con qualche bevuta. Almeno lo attenuerà.

«Clare sta bene. Entrambi stiamo prendendo le cose con calma,» dice Levi.

«Con calma? Vai a letto con la tata.»

«Non essere così volgare. Amo quella donna, ed è fantastica con Amelia. Il fatto che sia la tata è un vantaggio aggiuntivo. E, anche se non lo stiamo dicendo a nessuno, stiamo cercando di avere un maschietto.»

«È una cosa possibile?» chiedo, sorseggiando il mio bourbon. «Tipo posizioni speciali o qualcosa del genere per assicurarsi che sia un maschio invece di una femmina?» Jess ed io abbiamo avuto solo una figlia, Julianna, che non era minimamente programmata. Jess non ha mai voluto altri figli.

· · ·

«Sarebbe divertente,» dice Levi con un sorriso malizioso, «ma non credo che funzioni così. Forse, però, ci proveremo. Cercalo su internet.»

Finisco il mio bourbon e ne ordino un altro. Sono a pochi passi dall'hotel dove alloggio, in una delle proprietà di Levi. Non devo preoccuparmi di mettermi al volante di un'auto o di camminare molto.

«Come sta Jules? Wyatt la sta tenendo d'occhio mentre sei qui?»

«Sì,» dico, e guardo il mio telefono. «L'ho chiamata e le ho lasciato un messaggio, ma stava passando la notte da Izzie.» La mia mascella si irrigidisce.

«Sembri stressato.»

«Quando non sono stressato? Non riesco a capire se il pigiama party di Julianna è solo un ritrovo tra ragazze o qualcosa di più. E se fosse qualcosa di più, sento che, a quindici anni, non dovrebbe passare la notte fuori.»

«Che vuoi dire?» chiede Levi.

«A Julianna piacciono le ragazze.» Avevo meno problemi quando dormivano sotto il mio tetto e io ero il genitore che stava a casa.

«Beh, non può rimanere incinta.» Levi mi dà una pacca sulla schiena. «Rilassati. È un'adolescente. Esplorano e via dicendo. Ricordi quando avevamo quell'età? Non pensiamoci stasera, va bene?»

Gemo. Più facile a dirsi che a farsi. «Aspetta finché Amelia non avrà quindici anni e sarà abbastanza grande per uscire con qualcuno.»

Il labbro superiore di Levi si arriccia. «Chiudi la

bocca. Mia figlia non uscirà con nessuno fino a quando non avrà trent'anni.»

«Buona fortuna a impedirle di infrangere quella regola assurda.» Anche se non suona male. Se potessi impedire a Julianna di uscire con chiunque fino a quando avesse trent'anni, maschio o femmina, sarei completamente d'accordo.

Consumo più alcol di quanto dovrei in poche ore. Le donne ballano, e alcune si avvicinano a me, chiedendomi di ballare, volendo che le porti a casa.

Non sono interessato.

Sono sbiadite rispetto alla luminosità di Cali. Quella donna si è insinuata non solo nel mio cuore e nei miei pensieri, ma anche nella città. Perché non può restare sulla costa occidentale? Perché ha dovuto fare domanda per un lavoro e venire a New York?

. . .

Levi guarda il suo orologio. «Odio farti questo, ma ho una donna a casa e una figlia che ha bisogno di essere messa a letto.» Lascia abbastanza contanti sul bancone per il barista, per coprire i nostri drink.

Non che abbia bisogno che paghi lui il mio conto. Ma è apprezzato. Non sono sicuro di essere in grado di contare una mancia adeguata. Troppo alcol rende difficile la matematica.

Anche se Julianna lo chiamerebbe *matematizzare*. Alla ragazzina piace trasformare i sostantivi in verbi.

«Ci vediamo domani,» mormoro mentre Levi indossa la giacca.

«Lascia che ti accompagni all'hotel.»

«È proprio dall'altra parte della strada. Posso tornare da solo.» Non ho bisogno che faccia da babysitter.

Sto bene. Beh, a parte la rabbia da cuore infranto che mi attraversa. A parte quello, sto benissimo.

«Abbiamo pagato tutto. Ti accompagno a casa.» Levi prende il mio cappotto dallo schienale dello sgabello del bar e me lo porge quando mi alzo.

Me la cavo bene con l'equilibrio, a differenza di quella bella mora che continuava a inciampare attorno a me. Forse sono io il motivo per cui continuava a cadere, agitandosi tutta intorno a me.

Anche se non è caduta sulla faccia questa mattina al colloquio.

Peccato.

Levi mi accompagna dall'altra parte della strada come un bambino ed entra nell'atrio con me. «Lo so che non vuoi sentirlo, ma siamo amici. Metti da parte le vostre divergenze e assumi Cali. È un valore aggiunto per il resort.»

Perché diavolo ha dovuto tirare fuori *lei*? Proprio quando la mia serata stava finalmente migliorando. «Posso proseguire da solo. Non ho bisogno di un accompagnatore. Torna a casa dalla tua bambinaia,» dico con un sorrisetto.

«Sissignore,» scherza Levi, e torna fuori.

Guardo verso gli ascensori. Potrei salire nella mia stanza e svuotare il minibar, ma che divertimento ci sarebbe? Ho bisogno di una distrazione, e un altro drink è la risposta giusta. Soprattutto dopo il suo piccolo discorso su quella brunetta.

Mi dirigo al bar dell'hotel ed emetto un profondo sospiro quando la vedo al bancone, seduta su uno sgabello. Sta sorseggiando una bibita, o forse qualcosa come un rum e cola. Non so cosa preferisca bere.

. . .

Non so molto di lei.

«Questo posto è occupato?» Afferro lo sgabello accanto a lei e ci piazzo il sedere sopra, che lei lo voglia o meno.

Cali si sistema sullo sgabello. Alza un sopracciglio quando realizza che sono io. Forse pensava fosse qualche sfigato venuto a provarci con lei.

«Non pensavo volessi bere con me,» dice Cali. Fa un cenno al barista ma poi aggrotta la fronte.

Sente l'odore di alcol nel mio alito? Siamo piuttosto vicini, e il bar è quasi vuoto. Avrei potuto scegliere di sedermi ovunque, ma ho deciso di torturarmi sedendomi accanto a lei.

Un'agonia.

. . .

Dovrei andarmene. Lasciarla sola a soffrire senza di me.

Mi sono già punito abbastanza, rimpiangendo ogni cosa del nostro tempo insieme. Vorrei odiarla, ma odio me stesso ancora di più.

«Sei una vera strega,» dico, facendo cenno al barista. «Prendo un bourbon.» Mi bruciano gli occhi e la stanza ondeggia leggermente, ma sono ancora sullo sgabello. Non ho finito. Non finché Cali è seduta accanto a me al bar.

«Me lo merito,» dice Cali. È silenziosa, parla piano. Non come la ricordavo. C'era una passione nei suoi occhi, un calore sulle sue guance, soprattutto quando ci baciavamo e sfioravo il suo corpo con le mie labbra.

Quei ricordi di lei mi rendono schiavo.

.   .   .

Butto giù il bourbon e faccio cenno per averne un altro.

«Non sono nemmeno le stronzate che hai detto su di me che mi fanno incazzare. È che hai coinvolto mia figlia e la sua amica,» sibilo. «Che tipo di mostro fa una cosa del genere?»

Il suo sguardo si sposta da me al suo drink, studiandolo come se potesse fornire le risposte del mondo e risolvere tutto, compresa la fame nel mondo. Beh, indovina un po', Cali, il tuo silenzio è una risposta più che sufficiente.

Accettazione.

Concordanza.

.   .   .

Non mi contraddice né argomenta la sua versione dei fatti.

«Non hai niente da dire?» sputo.

«Sei ubriaco, Logan. Non è il momento di avere una conversazione profonda e significativa.»

«E quando sarebbe il momento? Prima di scopare?» le chiedo, ringhiando. «Perché mi avevi assicurato che non avevo nulla di cui preoccuparmi, e poi mi hai fregato. Hai cercato di distruggere la mia azienda, e peggio ancora, mia figlia e la sua amica. Ti sei divertita? Giocare con la famiglia di un miliardario e lasciare che lui raccolga i cocci cercando di usare i soldi per cacciare via il suo dolore? Ecco una notizia per te: la vita non funziona così.»

Cali fruga nella sua borsa, mette una banconota da venti sul bancone e poi fa oscillare le gambe giù dallo sgabello. «Non ho intenzione di fare questo con te.»

.   .   .

«Non hai intenzione di fare cosa? Essere onesta?» ribatto. «Sei brava con le bugie, Cali. L'hai dimostrato chiaramente. Come hai fatto ad ottenere un colloquio con Levi? Che connessioni hai? O stavi cercando di distruggermi dall'interno?»

«Sei ubriaco,» dice Cali, e prende il suo cappotto. Esce dal bar, i suoi tacchi risuonano sul pavimento di legno.

Lascio dei contanti sul bancone per il mio drink. Dovrei lasciarla andare, lasciarla in pace e smaltire l'alcol dormendo.

Ma non riesco a trattenermi.

Il mio autocontrollo è volato via ore fa. Sono su un treno di autodistruzione diretto verso Cali City.

.   .   .

Mi affretto fuori dal bar, i piedi che scivolano sul pavimento quando passa dal legno al marmo. Mi riprendo, prima di fare una figura ancora più ridicola.

La buona notizia è che nessuno sa chi sono qui intorno. Ho vissuto a New York, ma non sono una figura mediatica. Levi ha sempre avuto più copertura di me. Non lo invidio per questo. Non può essere facile.

Cali si dirige verso gli ascensori e io la seguo, a diversi passi di distanza. Ha già premuto il pulsante per salire, ma la cabina non è ancora arrivata. Tre ascensori salgono da venti a quaranta piani, ma sembrano essere lenti.

«Per favore, dimmi che stai andando in camera tua,» dice Cali.

Siamo solo noi due. Ci sono molte persone intorno, ma nessun altro sta aspettando vicino agli ascensori.

Dovrei essere grato che possiamo avere la nostra privacy, ma non sono felice.

«Non ho finito. Perché sei qui?»

Cali si pizzica il ponte del naso. «Non che siano affari tuoi, ma sto in questo hotel perché sono venuta a New York per un colloquio di lavoro.»

Lo so. Sono ubriaco, non un idiota. «Non quello,» dico, e faccio una smorfia quando scuoto la testa. «Perché la Luxenberg Enterprises? Cosa è successo in California?» Ho bisogno di sentirlo dalle sue labbra.

La parte più difficile, tuttavia, sarà ricordarlo domani.

TWELVE

Cali

LOGAN NON HA MAI RISPOSTO alle mie chiamate. Sospetto che avesse bloccato il mio numero. Gli ho scritto una lettera, che mi è stata restituita senza che l'avesse aperta.

E adesso vuole una spiegazione? Ho cercato di dargliela nelle ultime settimane, quasi due mesi ormai. È chiaro che non voleva avere niente a che fare con me.

Cosa è cambiato?

Sono frustrata. Stanca. E mi pento della decisione di essere venuta a New York. Almeno non mi sono trasferita qui. Era solo un misero colloquio di lavoro. Tornerò a casa e continuerò a cercare un altro impiego.

«Cos'è successo a *Vacationer's Paradise*? Non era poi così paradisiaco?» ribatte lui con sarcasmo.

È ubriaco, e ho una mezza idea di non cedere alle sue domande e ignorarlo. Sono pronta a salire nella mia stanza, in attesa che arrivi l'ascensore, e dormire per smaltire questa giornata di merda. Domani, prenderò l'aereo per tornare a casa e non penserò mai più a Logan Henderson.

Ma è difficile non pensare a lui.

L'ho fregato, e anche se non è stata colpa mia e c'era Bridget dietro il video e la pubblicazione della recensione cattiva, sono schiacciata dal senso di colpa.

Sto annegando sul fondo dell'oceano, rifiutandomi di prendere il mio ultimo respiro. Invece, lascio che l'acqua e la corrente mi trascinino giù nel buio fondale marino.

«Allora?» Logan inclina la testa, con gli occhi spalancati, mentre aspetta che io risponda.

«Sono stata licenziata,» dico, ed esalo un respiro di sollievo quando si aprono le porte dell'ascensore.

Non sono così sollevata quando lui mi segue dentro.

Lo ignoro, premo il pulsante del piano, e spero che faccia lo stesso così possiamo concludere questa conversazione tanto velocemente quanto è iniziata.

«Non mi sorprende,» dice, fissandomi, dritto nella mia anima. Ha la schiena rivolta alle porte dell'ascensore, e non ha premuto alcun pulsante per i piani. Ma sa certamente come farmi innervosire. «Dopo quella recensione che hai scritto, *dovevi* essere licenziata.»

Spalanco la bocca. Non dovrei essere sorpresa che pensi che ci fossi io dietro quella terribile recensione del resort, ma non c'entravo niente. Ero stata licenziata prima che Bridget terminasse la video recensione e la pubblicasse.

«Prima di tutto, non sono stata licenziata per quella video recensione. Sono stata licenziata perché ho creato qualcosa di carino sul tuo piccolo resort e Bridget si è infuriata perché ho dato un'altra recensione splendente a cinque stelle. Secondo, Bridget non aveva mai avuto intenzione di far ricevere al resort una recensione positiva. Mi ha mandata lì come punizione perché sa quanto odio il freddo. Sperava che il suo piano funzionasse e che vi dessi una recensione di merda.»

Logan barcolla, le sue mani si stringono a pugno, e io valuto se allungare le braccia per assicurarmi che non cada. Ma ci vorrebbe troppa energia, e lui ritrova l'equilibrio prima di inciampare.

L'ascensore fa un *din* quando raggiungiamo la mia destinazione.

Logan non si muove. Rimane lì, fissandomi, e io gli giro intorno, uscendo dall'ascensore.

Non mi volto per vedere se mi segue.

Non sento il rumore delle sue scarpe che si agitano o di respiri pesanti, perché è evidente che è arrabbiato con me. Sono sorpresa che non mi abbia seguita fino alla mia stanza per discutere e dirmi che è tutta colpa mia.

Non lo biasimo se mi odia.

Io stessa mi odio per essere caduta nella trappola di Bridget, credendo che fosse una brava persona. Quello è stato il mio errore, non vedere i segni, il neon luminoso sopra la testa che lampeggiava e mi avvertiva di andarmene finché avevo ancora una dignità.

E finché avevo ancora una possibilità con Logan.

Entro nella mia stanza d'albergo, chiudo e blocco la porta, lasciando cadere la borsa su un tavolino vicino.

Il mio telefono vibra nella borsa. È un messaggio.

Lo ignoro. Più probabilmente è solo spam, qualcosa che non ho nemmeno bisogno di vedere.

Mi tolgo i tacchi neri e apro la cerniera del vestito, desiderando indossare qualcosa di comodo dopo la giornata che ho appena passato.

Arriva un secondo messaggio, o forse è il primo che mi ricorda che non l'ho ancora letto.

Un'altra vibrazione.

No, sono decisamente due messaggi.

Sospirando, prendo il telefono dalla borsa e guardo il messaggio. A quanto pare, Logan deve avermi sbloccata. Almeno abbastanza a lungo per inviarmi due messaggi.

Ti odio.

Beh, non aveva bisogno di un messaggio per dirmi come si sentiva.

Il mio stomaco si stringe quando leggo il secondo messaggio.

Non riesco a smettere di pensare a te. Cazzo, mi sto innamorando, e tu mi stai distruggendo.

Prendo il mio pigiama dalla valigia e infilo un paio di pantaloni lunghi di flanella e una maglietta a maniche lunghe.

Non dovrei rispondere a Logan. Non è in sé e sono sicura che qualsiasi cosa dica non farà altro che aggiungere benzina a un fuoco già incontrollabile.

Ma il mio cuore non smette di battere selvaggiamente alla sua ammissione che si sta innamorando di me. Faccio una smorfia e afferro il telefono, rispondendogli.

Sei ubriaco. Non dire cose di cui ti pentirai domattina. Buonanotte.

Non mi aspetto che risponda, e certamente non credo che ci vedremo domani o mai più. È più che probabile che mi bloccherà di nuovo come contatto, se non l'ha già fatto.

Il mio telefono suona ancora una volta.

Dobbiamo parlare. Numero della stanza?

Sembra più sobrio, ma è solo perché in un messaggio non c'è tono. Questo, e il fatto che non stia farfugliando e biascicando le parole.

Mi prendo un momento per considerare se fargli sapere il numero della mia stanza. Non dovrei indulgere in questa piccola fantasia. Una riconciliazione, e io che lo porto nel mio letto, gemendo il suo nome fino alle prime ore del mattino.

Digito il numero della mia stanza e poi lo cancello rapidamente. *Parleremo quando sarai sobrio.* Premo invio e le mie dita tamburellano nervosamente sullo schermo del telefono, aspettando la sua risposta.

Stronzate. Numero della stanza?

Esalo un respiro pesante. Questo è più simile a quello che mi aspetterei. È arrabbiato con me. Merito la sua ira, ma non voglio litigare con lui.

Ignoro il suo messaggio.

Ma questo non gli impedisce di mandarne un altro.

Busserò a ogni porta del trentatreesimo piano. Posso svegliare tutti, oppure puoi farmi entrare così possiamo parlare.

Vai all'inferno.

Non dovrei essere così cattiva. Lui è ferito. Io sono ferita. È la ricetta perfetta per un disastro.

In fondo al corridoio, lo sento iniziare dalla prima porta che raggiunge quando esce dall'ascensore. Io sono solo poche stanze più avanti, ma sta andando nella direzione sbagliata.

«Cali, dobbiamo parlare!» esclama Logan, bussando forte alla porta.

Non riesco a sentire se c'è una risposta, ma immagino che qualcuno gli stia dicendo che ha sbagliato stanza o che stanno chiamando la sicurezza.

Continua a bussare rumorosamente alle porte, rifiutandosi di arrendersi. Finirà per farsi buttare fuori dall'hotel. E probabilmente darà la colpa a me.

A malincuore, apro la porta della stanza e sporgo la testa. «Logan, sono qui.»

Sbuffa e mormora qualcosa a un signore che gli ha aperto la porta. Logan percorre il corridoio a grandi passi, venendo verso la mia stanza, e si ferma fuori dalla porta. «Posso entrare?»

Sono sorpresa che me lo stia persino chiedendo.

Odora di alcol. I suoi occhi sono vitrei e rossi, ma è ancora in piedi.

Mi faccio da parte, lasciandolo entrare nella stanza d'albergo. Chiudo la porta dietro di lui e incrocio le braccia sul petto. «Ora che hai svegliato l'intero hotel, cosa vuoi?» chiedo.

«Non era l'intero hotel,» ribatte. Il suo sguardo percorre il mio corpo. «Ti sei cambiata.»

«Non indosso tacchi e abito per andare a letto.» Collego il telefono per caricarlo per la mattina, quando Logan si avvicina, rubando ogni centimetro del mio spazio personale, reclamandolo per sé.

«Peccato,» ringhia, e il suo sguardo è pieno di fame, come se non mangiasse da mesi.

«Cosa vuoi?» chiedo, e questa volta cerco di mantenere un tono calmo e civile. Non ha senso iniziare la prossima guerra mondiale perché il Burbero della Montagna non ottiene ciò che vuole.

Fa un respiro pesante, lo sguardo sulle mie labbra.

Per un momento, voglio costringerlo a dire "*te*". Ma non succede. I suoi occhi si stringono e hanno un fremito. «Ti odio.»

Il mio stomaco si contrae e mi mordo il labbro inferiore, cercando di trattenere le lacrime. «Lo so,» dico, come se non facesse male e non m'importasse. Ma è una bugia.

«Odio come mi fai sentire. Come se ci fosse un buco enorme dentro di me. Un vuoto che hai lasciato. Il tuo tradimento mi scuote ancora, e voglio andare avanti e dimenticare che tu sia mai esistita.»

«Allora perché sei qui nella mia stanza?» chiedo.

«Perché sei la migliore candidata per il lavoro.»

Faccio un passo indietro, scivolando contro il muro.

Sono intrappolata.

«Cosa?» dico, incerta di aver sentito correttamente. Non c'è possibilità che io venga assunta con lui che finirebbe per essere il mio capo. Mi odia. L'ho ferito.

Ho distrutto la sua azienda, come ha eloquentemente affermato, e ora vuole assumermi. No. Sta giocando con me. Sta cercando di vendicarsi.

«Lo odio, ma sei la più qualificata e la migliore vlogger che abbia mai visto. I tuoi contenuti sono buoni. Anche quando fanno schifo, sono buoni. Cazzo,» ringhia Logan.

«Non ho creato io quella pubblicità negativa sul tuo resort. Devi credermi.»

«Non credo a nulla di ciò che dici.» Logan preme una mano contro il muro, imprigionandomi.

Inspiro bruscamente. Il mio cuore sbatte contro la gabbia toracica. Il mondo attorno a me diventa confuso e sfocato, ma mi concentro sull'uomo davanti a me con i suoi occhi scuri, lo sguardo ardente, e la barba abbastanza vicina da sfiorarmi la guancia.

«Una buona relazione lavorativa richiede fiducia. Comunicazione.» Voglio che capisca che offrirmi il lavoro è la peggiore idea del mondo.

No, la cosa peggiore sarebbe accettarlo.

Posso ancora rifiutarlo. Dirgli *no grazie* e che non lavoro per miliardari brontoloni che possiedono resort e vivono in montagna.

Il suo sguardo ha un fremito. «Non bloccherò il tuo numero se è questo che ti preoccupa.»

«Dovrei rispondere a te,» dico, fissandolo. Come fa a non capire che sarebbe un problema?

«Bene. Qualcuno deve tenerti in riga. E qualsiasi cosa tu pubblichi deve essere inviata prima a me.»

Non è il requisito peggiore. Probabilmente, mi sta assumendo per assicurarsi che non pubblichi nient'altro di negativo sul resort, anche se io non ho mai pubblicato il video originale. Mi passo una mano tra i capelli e lui mi afferra il braccio, inchiodandolo al muro.

«Non essere nervosa. A meno che tu non abbia qualcosa da nascondere, *Sunshine*.»

Trattengo un respiro secco. Non mi chiamava così da parecchio tempo. Non sembra più così appropriato, con la rabbia che ribolle in superficie. È come un gioco del gatto col topo. E lui è pronto a balzare.

Non sono sicura se sarò divorata o posseduta.

«Come ti ho detto, quel video, quello sul vlog, non è mio.»

«Bene. E devi sapere che, se lavori per me, e lo farai,» dice con sicurezza come se avesse già preparato i documenti e stesse solo aspettando che io firmi sulla linea tratteggiata, «tutto ciò che filmi diventa proprietà della Luxenberg Enterprises. Tutto sarà accessibile a me e ti sarà permesso di filmare solo usando un telefono aziendale.»

Non suona terribilmente irragionevole. «Tutto ciò che filmerò sarà con il telefono aziendale» dico.

«Tutto ciò che filmi, punto. Se fai una foto dei miei tatuaggi, del mio viso, un clip mentre prendo un caffè, mi appartiene. Sono io a decidere cosa viene pubblicato e cosa viene distrutto.»

Emetto un respiro tremante.

Sta esagerando?

«Non ho mai detto di aver accettato la posizione.»

«Ma lo farai,» dice Logan con una sicurezza che mi fa tremare le ginocchia. Il suo sguardo è fisso sul mio. Quell'uomo è presuntuoso. «Un'altra cosa» dice, e lascia la presa sul mio braccio, liberandomi ma senza darmi spazio per muovermi se non spingendolo fisicamente via.

Il muro sembra essere l'unica cosa che mi tiene in piedi in questo momento.

«Il contratto stipulerà che dovrai vivere nella proprietà, ma non potrai portare nessuno a casa con te.»

«Come, scusa?»

«Dovrai concentrarti sul tuo lavoro, signorina Sinclair. Non ho bisogno che tu corra dietro al prossimo bel ragazzo che ti interessa. Non è per questo che ti pago.»

Tecnicamente non mi sta ancora pagando nulla.

«È un problema?» Mi fissa, e l'aria abbandona i miei polmoni prima che possa rispondere.

In silenzio, scuoto la testa.

«Ho bisogno di una conferma verbale, signorina Sinclair.»

«Non è un problema» dico. La mia voce è tremante e inaffidabile. Maledetto lui per avere il potere di rendermi le ginocchia come gelatina e le viscere calde.

Mi schiarisco la gola, cercando di acquisire un minimo di controllo.

«Ma non ho ancora accettato la posizione, signor Henderson» dico, usando la stessa formalità che usa lui. Tuttavia, niente di quello che stiamo facendo è formale. Sono in pigiama, e lui mi ha intrappolata contro il muro, il suo respiro che mi accarezza la pelle.

«Non saresti venuta fino a New York se non fossi disperata.»

Mi rifiuto di riconoscere la sua accusa. «Puoi far inviare dal tuo ufficio un'offerta formale, e deciderò ciò che è nel mio interesse.»

Il suo labbro superiore ha un fremito prima che ringhi e si avvicini ancora di più. Sembra che stia per baciarmi. Trattengo il respiro, e i miei occhi cadono sulle sue labbra. Il momento si trascina e il mio corpo formicola per l'anticipazione. Il calore della sua bocca aleggia, stuzzicandomi, facendomi avvicinare prima che si tiri indietro e si diriga verso la porta.

Non viene pronunciata un'altra parola.

Esce dalla stanza d'albergo, lasciandomi ansimante, con il cuore che batte all'impazzata e il corpo tremante.

———————

Tutto accade così in fretta: la lettera d'offerta, io che accetto e faccio le valigie per il mio ritorno a Breckenridge.

Non avrei dovuto accettare l'offerta, ma la paga è eccezionale, e il costo della vita è drasticamente inferiore. Specialmente considerando che starò al resort.

Sebbene non pensi che sia una possibilità permanente, mi forniscono una stanza gratuitamente.

Logan e Levi insistono che inizi lunedì mattina. Ho abbastanza tempo per fare i bagagli per qualche settimana e il resto delle mie cose verrà imballato e impacchettato da traslocatori professionisti, a spese della Luxenberg Enterprises.

Anche se tecnicamente non lavoro per Logan e non è lui che firma i miei assegni, è lui che gestisce ogni aspetto del lavoro che svolgo. È complicato.

Frustrante. E andare di nuovo a letto con lui è fuori discussione.

Mi odia.

Caspita, alcuni giorni persino io odio me stessa.

Non ho ancora visto Julianna. È a scuola durante il giorno, e non sono sicura se mi stia evitando la sera o semplicemente non sia nei paraggi del resort.

Le devo delle scuse, anche se probabilmente è come suo padre e quindi mi ignorerà e continuerà a odiarmi.

La tensione è palpabile, e passo più tempo che posso lontano da Logan. Lui ha il suo ufficio e il mio è in fondo al corridoio. Non è particolarmente lontano da lui, ma passo parecchio tempo a scattare foto, girare video e creare diversi tipi di contenuti per ravvivare il resort.

Voglio discutere con Logan dell'aggiornamento del sito web, non solo dei profili social, ma non sono sicura che sarà ricettivo alle mie idee.

Busso alla sua porta aperta, e lui non si degna nemmeno di alzare lo sguardo verso di me. «Sì?»

«Ho del materiale da mostrarti» dico.

Finalmente alza lo sguardo e mi fa cenno di sedermi di fronte a lui. Non c'è sorriso sul suo viso. I suoi occhi sono scuri, stanchi. Quell'uomo sembra che non dorma dalla notte a New York. Forse anche da prima.

Gli mostro come accedere ai video salvati nel cloud dove può visualizzare i contenuti creativi, oltre a tutti i file originali. Tutto ciò che viene salvato sul telefono viene automaticamente copiato nel cloud.

Il suo viso è impassibile. E non sono sicura se odia il mio lavoro o semplicemente odia me. Se gli piacesse, me lo direbbe sorridendo. I suoi lineamenti potrebbero persino addolcirsi.

«È tutto quello che hai fatto?» chiede Logan.

Sgrano gli occhi e raddrizzò la schiena. «No, signor Henderson. Ho anche scattato fotografie e creato una versione di prova di un nuovo sito web che penso potrebbe essere vantaggioso. Possiamo raccogliere indirizzi e-mail e offrire uno sconto per la prima notte se gli ospiti soggiornano più di tre notti.»

Lentamente, annuisce, come se potrebbe effettivamente non odiare l'idea.

«Cos'altro?»

Faccio un respiro nervoso. «Anche se non ho pubblicato nulla sui nostri account social senza la tua approvazione, mi sono assicurata che fossero aggiornati con i dati di contatto corretti.»

«E non lo erano?»

«Qualcuno aveva inserito il numero di telefono e l'indirizzo sbagliato su tutti i siti,» dico.

Logan aggrotta la fronte e controlla prima l'account Twitter, verificando che non abbia rovinato tutto.

Perché non riesce a credermi?

Quando è soddisfatto che le informazioni siano accurate, controlla ogni singolo account dove il Blue Sky Resort ha una presenza sui social media.

«Meraviglioso,» mormora, ma non sembra affatto contento. «Cos'altro?»

«Ho preparato diversi video dimostrativi pronti per essere pubblicati, insieme ad alcuni giochi e concorsi per far crescere il nostro account.» Gli mostro dove si trovano le informazioni, e lui le esamina prima di tornare a guardarmi. «C'è altro che desideri?» chiedo.

«A parte convincere Bridget a rimuovere quel post orrendo sul vlog di *Vacationer's Paradise*?»

Sembra che abbia intenzione di rinfacciarmelo per l'eternità. Anche se non lavoro qui da molto, c'è ancora tempo per dimostrare che sono una risorsa preziosa.

«Posso chiamarla e parlare con lei?» offro, non che pensi voglia parlare con me. Mi ha licenziata.

«Non farlo, i miei avvocati ci stanno lavorando,» dice Logan. Finalmente, incontra il mio sguardo. «Hai fatto molto, ma non abbiamo visto un aumento nelle prenotazioni.»

«Ci vuole tempo perché le nostre strategie di marketing funzionino, signor Henderson,» dico, cercando di mantenere tutto il più professionale possibile. «E ho bisogno della tua approvazione per iniziare a pubblicare contenuti, che spero porteranno all'aumento che desideri vedere. Potrei anche suggerire di lanciare campagne pubblicitarie?»

«Campagne pubblicitarie?»

«Campagne a costo per clic con siti come Google e

Facebook. Potremmo anche provare a lanciare un video pubblicitario su una delle app di streaming.»

Il suo sguardo si fa più intenso. «Sembri avere in mente tutti i modi possibili per spendere i miei soldi, signorina Sinclair. Che ne dici di trovare metodi per generare entrate da nuove fonti che non mi costino un occhio della testa?»

È quello che ho fatto. Non che lui lo veda. «Certamente, farò qualche ricerca e ti farò sapere,» dico, cercando di uscire prima che perda la pazienza. Sta per succedere:, posso percepire la rabbia e l'odio pronti a esplodere.

Sono sollevata quando mi congeda dal suo ufficio, e posso tornare velocemente alla mia scrivania ed evitare la sua ira infuocata.

Quello che non mi aspetto è vedere Wyatt nel mio ufficio, seduto alla mia scrivania.

«Posso aiutarti?» chiedo, squadrandolo.

È sdraiato comodamente, con i piedi sulla mia scrivania e le braccia dietro la testa. «Mi sto solo nascondendo dal capo,» scherza Wyatt.

«Puoi farlo da un'altra parte?»

Wyatt si alza dalla mia sedia da dietro la scrivania ma non lascia il mio ufficio. «Questo è l'unico santuario lontano da Logan.»

Di cosa sta parlando? Aggrotto la fronte, scuotendo la testa, aspettando che si spieghi meglio.

«Logan non sopporta di stare vicino a te. Non verrà mai nel tuo ufficio senza motivo. Il che significa che posso rilassarmi per due minuti senza che mi salti addosso.»

«È questo che stai facendo? Ti rilassi?» chiedo. Mi sposto verso la sedia che aveva occupato fino a poco fa e prendo posto dietro la scrivania. A differenza di Wyatt, i miei piedi non stanno sulla scrivania e non sto oziando facendo un pisolino o qualunque cosa intendesse fare prima che lo scoprissi.

«Evitare il lavoro. Rilassarsi. È la stessa cosa,» dice Wyatt. Rimane in silenzio, fissandomi mentre si lascia cadere sul divano vicino alla parete. «Come ha fatto Logan a convincerti a tornare a lavorare per lui?»

«Non te l'ha detto?» chiedo, con le dita sospese sopra i tasti della tastiera.

«Quell'uomo è stato intrattabile dal momento in cui te ne sei andata. Parla a malapena con chiunque di qualsiasi cosa. A meno che non stia dando ordini e comandi come se fosse ancora nell'esercito.»

«Non sapevo fosse stato nell'esercito.»

«Non ne parla molto,» dice Wyatt.

«Per quel che vale, sono contento che tu sia tornata. Anche se sei la regina del tradimento.»

Faccio una smorfia. «È questo che ha detto Logan?» chiedo. Ho ereditato questo soprannome quando me ne sono andata la prima volta?

«È piuttosto evidente. Non capisco perché saresti così pazza da tornare qui quando pensi che questo posto sia gestito come uno schifo e non valga nemmeno una notte di soggiorno.»

«Non ho scritto io quelle cose terribili nel video,» dico.

Lo sguardo di Wyatt si fa più intenso. «E chi è stato?»

«Bridget Lancaster, la mia ex capa.»

Si accarezza il mento e annuisce lentamente. «Fammi indovinare, ti sei licenziata dopo che lei ha modificato il tuo video e lo ha pubblicato sui loro social media?»

«Sono stata licenziata quando ha visto che avevo dato cinque stelle al resort.»

La sua fronte si corruga. «Non capisco.»

«Già, neanch'io. A quanto pare, Bridget mi ha mandata in montagna come punizione e si aspettava una recensione feroce. Quando non l'ho fatto, mi ha licenziata e ha finito il lavoro lei stessa.»

Wyatt stringe le labbra, prende il telefono dalla tasca e apre TikTok, cercando *Vacationer's Paradise*. Emette un fischio quando vede video dopo video di recensioni negative su una moltitudine di località.

«Dovremmo far fuori questa stronza,» dice Wyatt.

«Sono abbastanza sicura che tuo fratello abbia già messo il suo avvocato sulla questione.»

«No, intendo che Bridget dev'essere eliminata,» ripete Wyatt. «Non capisci: questa donna è stata una minaccia fin dall'inizio. È la migliore amica della sua ex moglie. C'è molta storia tra loro.»

«Storia antica,» dice Logan. Deve aver sentito sente

parte della conversazione mentre passava. «Perché stiamo discutendo di Bridget?»

«Hai visto cosa ha fatto ad altri resort?» Wyatt balza su dal divano e sbatte il telefono in faccia a Logan. «Quella donna è una minaccia. Potremmo promuovere una class action...»

«Chiudi il becco!» ringhia Logan al fratello. «Non promuoviamo niente. È meglio se Bridget si sotterri da sola con stupidi video che nessuno guarda. Lascia perdere.»

«Non possiamo,» dice Wyatt, incapace di lasciar correre. «Hai visto quante visualizzazioni ha il suo account? A quanto pare, essere cattivi fa diventare virali.»

«Non m'importa. Non un'altra parola su *di lei*,» sibila Logan. Almeno, la sua rabbia non è più diretta verso di me ma verso la donna per cui lavoravo. Una donna del suo passato.

———

Logan mi evita per il resto della settimana, tranne quando discutiamo di questioni lavorative come i contenuti da pubblicare. Mi dà la sua approvazione senza un sorriso o un accenno di piacere in ciò che fa.

È il maestro di tutto ciò che è scontroso. E io cammino costantemente in punta di piedi intorno a lui, cosa che è tremendamente fastidiosa.

Perché mi sono fatta questo? Accettare di lavorare sotto l'uomo che mi odia?

C'erano altri modi per punirmi che non comportavano il Burbero della Montagna. Non riesco a togliermi dalla testa il suo sguardo ardente di quando era con me nella stanza d'albergo.

Avrei dovuto baciarlo. Le nostre labbra erano così vicine che potevo praticamente sentire il suo tocco.

Forse avrei potuto scaldare il suo cuore di ghiaccio.

Stacco alle cinque, lascio il resort e prendo una navetta locale che porta gli ospiti dal resort al distretto commerciale e ritorno.

La testa mi gira e lo stomaco è gonfio come se stessi per scoppiare. Mi dirigo verso la farmacia più vicina, perché facendo i calcoli, avrei dovuto avere il ciclo quattro settimane fa e sono ampiamente in ritardo.

Sono fottuta.

Non posso essere incinta.

C'erano test di gravidanza al resort nel negozio di souvenir, ma non voglio rischiare che qualcuno con cui lavoro mi veda comprare il test.

E se fossi incinta... allora cosa succederebbe?

C'è solo un uomo con cui ho fatto sesso negli ultimi due mesi: Logan Henderson. Se fossi incinta, senza dubbio sarebbe suo figlio.

Non posso permettere alla mia mente di vagare oltre questo scenario. È terrificante. Nauseante. Vorrei buttarmi dall'autobus in movimento e preferirei essere investita dal traffico piuttosto che affrontare il fatto che l'uomo che ora è il mio capo potrebbe anche essere il padre del mio bambino non ancora nato.

Beh, non firma i miei assegni, ma devo comunque riferire a lui.

Una situazione davvero confusa.

Dopo venti minuti di guida fuori città lontano dal lodge, arriviamo al distretto commerciale. Ci sono un sacco di piccoli negozi al dettaglio, una farmacia e un supermercato.

Mi dirigo alla farmacia ed entro, afferrando il primo test sullo scaffale che promette di essere il più accurato, e lo porto alla cassa.

Mentre la cassiera sta registrando il mio ordine, Julianna e la sua amica si mettono in fila dietro di me con un mucchio di dolciumi, cioccolato e bottiglie di vetro di bibite aromatizzate.

«Ciao, Jules,» dico, sperando che la cassiera possa infilare il test di gravidanza nella borsa prima che la ragazza noti cosa sto comprando. «Mi dispiace per...»

Mi interrompe prima che possa continuare.

«Non preoccuparti,» dice con noncuranza. I suoi occhi cadono sul bancone e solleva un sopracciglio curioso. «Sei stata impegnata.»

Apro la bocca per dirle di non giudicarmi e che questo potrebbe benissimo essere il suo fratellastro quando la commessa mi dice il totale e mi chiede come pagherò.

Prendo la carta di credito dalla borsa e la passo sul lettore, desiderando che l'incubo finisca.

Ma questo è solo l'inizio.

E anche se non ho ancora fatto il test, non sono mai in ritardo. Sono sempre puntuale e la sensazione di agitazione nel mio stomaco e la nausea che mi colpisce ogni mattina non è solo perché devo affrontare Logan ogni giorno.

So già il risultato e non ho ancora fatto pipì sul bastoncino.

THIRTEEN

Logan

JULIANNA ENTRA di corsa nel mio ufficio con Izzie alle calcagna. Chiudono la porta, segno che vogliono parlare con me in privato. «Va tutto bene?» chiedo.

Izzie fissa Julianna, aspettando che parli.

Mia figlia ha una borsa della spesa riutilizzabile a tracolla.

«È successo qualcosa al negozio?» chiedo. Non posso fare a meno di preoccuparmi, e le mie mani si stringono a pugno mentre mi alzo.

«Sì, ma io e Izzie stiamo bene,» dice rapidamente Julianna, scacciando la mia preoccupazione. «Si tratta di Cali.»

«Che cosa ha Cali?» Non sono sicuro di volerlo sapere, ma se le è successo qualcosa, è il mio miglior talento qui. Non che sia disposto ad ammetterlo ad alta voce.

«L'abbiamo vista comprare un test di gravidanza in farmacia,» dice Julianna.

«Davvero?» Non dovrebbe importarmi. Non ha importanza. Io e Cali non siamo andati a letto insieme da prima di Natale. Spalanco gli occhi ed emetto un respiro pesante. «Ha detto qualcosa?» chiedo.

Con chi diavolo sta uscendo?

O è qualche tizio a caso con cui è andata a letto?

Faccio una smorfia. È questo che sono per lei? Solo un altro tizio qualunque in una lunga serie di uomini con cui le piace giocare e che usa?

«Nemmeno una parola. Era piuttosto ovvio che fosse imbarazzata, però. E voglio dire, papà, voi vendete quei test nel negozio di souvenir dietro la cassa. Non aveva bisogno di andare fino in città.»

A meno che non volesse che nessuno con cui lavora sapesse che è incinta.

«Sentite, qualunque cosa stia succedendo con Cali, sono affari suoi. Non ne discutiamo. Chiaro?»

«Intendi dire che non ne parliamo davanti a lei,» dice Julianna. «Giusto?»

«No, intendo che non ne parliamo affatto,» chiarisco. Perché mia figlia pensa che sia accettabile parlare di Cali e se sia incinta o meno? «È una mia dipendente. Qualsiasi ulteriore conversazione sarebbe altamente inappropriata.»

«Giusto. Quindi, non posso chiederle se il risultato è positivo?»

Non può essere seria. «Stai scherzando, vero?» In questo momento non riesco a sopportare il senso dell'umorismo di mia figlia. Il pensiero che un altro uomo abbia toccato Cali, che ci sia andato a letto, mi fa rivoltare lo stomaco. Nessun uomo dovrebbe essere vicino a lei.

«Ho capito. L'argomento è off-limits. A proposito, sono contenta che Cali sia tornata, anche se tu sei ancora un vecchio brontolone!» Afferra il braccio di Izzie e trascina l'amica fuori dal mio ufficio. Sono sollevato quando rimango solo e non devo più gestire le due adolescenti. Anche se ho preso sul serio il suggerimento di Julianna.

Mentre lei vorrebbe una sala giochi, io non sono interessato a fare da poliziotto a dozzine di adolescenti. Sono però disposto a spendere per creare una sala giochi privata per Julianna e i suoi amici. Ma non intendo dirglielo finché il posto non sarà pronto, così da poterla sorprendere.

Finisco di lavorare, chiudo l'ufficio e mi dirigo al lodge per controllare il personale e i nostri ospiti. Potrei salire di sopra e rilassarmi davanti alla televisione, ma non riesco a stare fermo.

Non con la notizia che Cali potrebbe essere incinta.

Non sono stato esattamente gentile con lei da quando si è trasferita qui, ma non è tornata a Breckenridge abbastanza a lungo per rimanere incinta. Almeno, non al punto che il test di gravidanza possa dare un risultato positivo.

Cosa significa questo per me?

Se è incinta, deve essere di qualcuno di Los Angeles. Pianificherà di andarsene alla prima occasione?

Prendo il telefono e chiamo Levi. Non è una cosa di cui posso parlare con Wyatt. Lui sarebbe al settimo cielo, probabilmente mi direbbe che dovrei farmi avanti e aiutarla. No grazie. Noi due riusciamo a malapena a stare nella stessa stanza.

«Spero sia importante,» risponde Levi.

«Julianna ha visto Cali comprare un test di gravidanza.» È abbastanza importante da fargli lasciare la sua vita perfetta per cinque minuti?

«Ah, merda. Aspetta un attimo.» Copre il telefono, probabilmente dice a Clare che deve prendere questa chiamata. C'è un fruscio e movimento e poi silenzio dall'altra parte. «Rieccomi. Sei sicuro che il test sia per lei?»

«Cali non ha esattamente molti amici a Breckenridge,» dico. Non è qui da abbastanza tempo per essersi fatta degli amici, almeno per quanto ne so.

«Quindi è qualche tizio di casa sua.»

«Probabilmente,» mormoro, e mi lascio cadere su una comoda poltrona nel lodge. Il posto è abbastanza deserto e, sebbene ci siano alcuni ospiti a un tavolo, sono abbastanza lontano perché nessuno senta la mia conversazione.

Dovrei tornare nel mio ufficio, ma non voglio sentirmi confinato in questo momento. Quella stanza è soffocante dopo il genere di bomba che ha sganciato mia figlia. Ma per fortuna, non è Julianna ad essere incinta. Non potrei sopportare una notizia del genere.

Questo non mi riguarda. Se non che potrei perdere una buona dipendente. Non che sia stato particolarmente gentile o facile con lei. Non ha motivo di restare in città, e sebbene il lavoro sia ben pagato, sono sicuro che chiunque sia il padre si farà avanti e si prenderà cura di lei e del bambino.

Probabilmente non dovrà più lavorare un solo giorno in vita sua.

«Non ci sei andato a letto?» chiede Levi.

«È stato secoli fa,» dico.

«Giusto.» Levi non insiste su questa ipotesi, e sono contento, perché non c'è modo che sia figlio mio. Ho usato un preservativo, ed è successo settimane fa. Da abbastanza tempo che se ne sarebbe già dovuta accorgere. Mi passo una mano tra i capelli, questi pensieri mi mettono a disagio.

«Qual è il problema?» chiede Levi. «Sei preoccupato che abbandoni il nuovo incarico? Possiamo trovare qualcun altro. So che ti piaceva il suo lavoro, ma ci sono altri creator di talento là fuori.»

«Non posso credere che sia andata a letto con qualcun altro,» ringhio. Le mie dita affondano nel bracciolo, graffiando la pelle.

«Voi due mi sembravate piuttosto ai ferri corti quando l'ho conosciuta.»

«Non stai aiutando,» borbotto.

«Non mi avevi detto che avevi bloccato il suo numero e avevi rispedito indietro la lettera che ti ha mandato senza nemmeno aprire la busta?»

Perché deve ricordarsi ogni minimo dettaglio? «Questo non c'entra.»

«Davvero?» chiede Levi. «Perché... cosa ti aspettavi da lei? Se avesse voluto scusarsi, ti avrebbe chiamato, mandato un messaggio o una lettera. Tutte cose che ha fatto e che tu hai rifiutato.»

«Avrebbe potuto prendere un aereo per venire a trovarmi e spiegarmi le cose.» Emetto un respiro pesante e mi sporgo in avanti. Devo mantenere la calma, o la gente comincerà a guardarmi chiedendosi che diavolo mi prende.

«È questo che volevi? Le avresti parlato davvero?» chiede Levi.

Ha ragione. Probabilmente l'avrei mandata via, ma lei non ha nemmeno provato a venire a trovarmi. «Forse sì,» dico.

«Stronzate. L'avresti rimandata a casa, e conosco ragazze come Cali. Non possono permettersi di prendere voli all'ultimo minuto, specialmente quando sono appena state licenziate dal loro precedente posto di lavoro.»

«Cazzo,» ringhio, odiando il fatto che Levi abbia ragione.

«Hai due opzioni. Trattarla professionalmente e lasciarle vivere la sua vita come vuole, oppure fare un passo avanti e offrirti di esserci per lei, senza secondi fini. Potrebbe sorprenderti.»

Questo è il problema. Cali ha sempre un modo di sorprendermi, e di solito mi lascia senza fiato e a disagio. «Mi stai suggerendo di fare da papà al suo bambino?» Non posso credere a Levi. Improvvisamente, si è calato nel ruolo di padre e lo sta prendendo molto sul serio.

«No, solo di sostenerla. Se il padre non si facesse avanti, avrà bisogno di aiuto. Specialmente se restasse a Breckenridge. Non conosce nessuno, giusto?»

Gemo a bassa voce. «Ho quarantatré anni, Levi. Ho finito con i pannolini e le notti insonni per i neonati. Ho già passato tutto questo quando ho avuto Julianna.»

«Nessuno dice che devi fare il papà del bambino. Ma Cali potrebbe aver bisogno di un amico, e so che provi ancora qualcosa per lei.»

Perché pensa di conoscermi così bene? «Non è vero.» È una bugia. Non voglio provare sentimenti per Cali, ma non sembrano svanire solo perché lo voglio.

Perché?

Perché è riuscita a irritarmi fino all'osso e al contempo farmi desiderare il suo corpo come se mi appartenesse. Non ho mai provato questo per nessuno prima, nemmeno per la mia ex moglie, Jess.

«Continua a ripetertelo,» dice Levi. «Clare e io non abbiamo sempre avuto una relazione perfetta. Abbiamo dovuto superare i nostri problemi. Pensa a questa situazione come a una prova. Se entrambi sopravvivete senza uccidervi a vicenda, forse diventerete più forti insieme.»

Borbotto sottovoce. «Non ho chiamato per cercare consigli d'amore. E sono sicuro che ci ammazzeremo a vicenda molto prima di poterci mai innamorare.»

«Sembra una vera tragedia,» dice Levi. «Dovresti davvero uscire di più. Scopare un po'. Se Cali non è la ragazza giusta, trovane un'altra e mantieni le cose professionali con lei. Ascolta, devo andare. Amelia mi ha trovato e mi sta scalando come fossi un parco giochi, e Clare sembra essere scomparsa.»

«Mi sembra giusto.»

«Tienimi aggiornato,» dice Levi.

Chiudo la chiamata e lancio un'occhiata al tavolo di clienti felici nella sala. Quella che era iniziato come una chiacchierata si è trasformato in un'amichevole partita a carte.

Passo davanti all'anziano signore, probabilmente sulla sessantina, che mi fa un cenno. «Vuole unirsi a noi?» mi propone.

«No, ma grazie.» Valuto l'idea di sedermi al tavolo, chiedendo loro cosa apprezzano e cosa non gradiscono del resort per avere un feedback onesto e genuino, ma non credo di poter sopportare altre cattive notizie.

Cali incinta è già abbastanza per farmi venire voglia di sbattere la testa contro un muro. Mi dirigo su per le scale verso la sala fitness.

Ho bisogno di sfogare la tensione e correre qualche chilometro sul tapis roulant. È un'opzione migliore che correre fuori dove fa freddo, e le previsioni indicano neve per la notte.

Ma per tutto il tempo in cui corro, riesco solo a pensare a Cali. Il suo sorriso. La sua risata. Quel movimento del naso quando si arrabbia con me prima di esplodere.

Corro più veloce e più forte, ma lei è ancora nella mia testa, e quando finisco di allenarmi, salgo per una doccia fredda. L'acqua gelida è crudele e fa solo dolere ulteriormente il mio corpo. Apro l'acqua calda, immaginando la bocca di Cali che traccia un sentiero di baci fino al mio cazzo.

Non voglio fantasticare su di lei, ma non riesco a smettere di pensare a come sarebbe affondare nella sua bocca impertinente. Mi accarezzo l'asta, desiderando le sue labbra e la sua lingua su di me, prendendo ogni centimetro mentre la zittisco e la costringo a obbedire.

Più resisto, più desidero averla qui nella doccia, inchiodata tra me e il muro. Dopo che averglielo fatto prendere in bocca, la prenderei nella doccia, premuta contro le piastrelle fredde, e guarderei i suoi capezzoli indurirsi. Succhierei il suo seno mentre la scopo finché non grida il mio nome. E solo allora, le permetterei di venire.

Ma è tutto ciò che ottengo da Cali, una fantasia che mi creo.

Finisco nella doccia, mi asciugo e mi cambio, indossando dei cargo e una maglietta. Non posso vagare per il lodge in boxer, e sono troppo stanco per preoccuparmi di mettere qualcosa di più professionale. Inoltre, questo è un lodge sciistico. Non siamo in un gran palazzo.

Uscendo dalla camera da letto, vedo Cali sul mio divano, con i piedi rannicchiati sotto di lei. «Come sei entrata?» chiedo, sorpreso di vederla.

«Jules mi ha fatta entrare. Le ho detto che dovevo parlare con te. Sono rimasta piuttosto sorpresa che non mi abbia mandato all'inferno.»

Anch'io. La osservo. Non sembra incinta, ma non riesco a immaginare per quale altro motivo sarebbe qui altrimenti. «Si tratta di lavoro?» ipotizzo. Probabilmente avrà bisogno di più tempo libero e, ovviamente, del congedo di maternità.

«Mmm, non proprio,» dice Cali. Emette un sospiro pesante e dà dei colpetti gentili sul divano accanto a lei. Vuole che io vada a sedermi.

«So già che sei incinta,» dico. «Quanto hai aspettato prima di andare a letto con qualcun altro dopo di me? Sono stato solo una scopata senza valore? Un riempitivo finché non hai incontrato il prossimo tipo da fregare?» Non dovrei essere così insensibile, ma le parole escono più velocemente di quanto voglia.

La sua fronte si aggrotta e socchiude le labbra. Quelle perfette labbra color rubino, che avevo immaginato mentre succhiavano il mio cazzo, non vi si avvicinerebbero mai se dipendesse da lei. Ho distrutto qualsiasi possibilità che noi due potessimo essere qualcosa di più che amici.

Non che volessi ferirla, ma con gli scontri che abbiamo avuto, e il dolore che non riesco a cancellare, questo è ciò che siamo diventati.

Cali emette un sospiro pesante. «Julianna ti ha detto che mi ha vista al negozio oggi.»

«Sì.» Non ha senso mentirle. «Immagino che il test sia risultato positivo.»

Ride cupamente, sottovoce. «Oh, sono incinta, e nel caso non l'avessi ancora capito, il bambino è tuo.» Fissa lo sguardo su di me.

Giuro che l'aria mi viene risucchiata dai polmoni. Scuoto la testa, il rifiuto è l'unica sensazione che sembra reale. La stanza gira, e mi lascio cadere sul divano, lasciando un cuscino vuoto tra noi.

«Mio?» La mia voce stride, e faccio una smorfia al suono della mia incertezza. «Sei sicura?»

«Al cento per cento. Ma quando prenderò un appuntamento dal medico per verificare la gravidanza, potremo discutere anche della verifica della paternità se non mi credi.»

Non so a cosa credere. La stanza sta girando, e faccio diversi respiri lunghi e profondi per concentrarmi.

«Io sono il padre?» È l'unico pensiero a cui riesco a dare un senso nel caos che mi ha lanciato addosso. «Sei sicura che non ci sia nessun altro? Abbiamo dormito insieme mesi fa.»

«Due mesi,» dice Cali. «E tra lo stress di essere stata licenziata e il trasloco, non ho nemmeno pensato al fatto di aver saltato il ciclo...almeno fino ad oggi. E no, per la cronaca, a meno che il mio vibratore non possa improvvisamente mettere incinta una ragazza, sei l'unico uomo con cui sono stata per un bel po' di tempo.»

«Non sei andata a letto con Wyatt?» Non che pensassi davvero che avesse scopato mio fratello, ma sento ancora la gelosia bruciare per quella notte al bar, quando stava bevendo con lui.

«Non vado a letto con ogni uomo che mi offre da bere. Dammi un po' di credito.»

Dovrei scusarmi, ma non lo faccio. Siamo troppo oltre quel punto per sistemare le cose tra noi.

«Cosa hai intenzione di fare?» chiedo.

«Intendi se lo terrò?» Cali mi fissa, le sue dita sfiorano il tessuto dei suoi pantaloni. È nervosa e per una buona ragione. Non è facile per nessuno dei due. «Sì, e mi piacerebbe rimanere a Breckenridge, presumendo di avere ancora un lavoro.»

Il suo commento mi ferisce profondamente. «Pensi che ti licenzierei dopo averti messa incinta?»

«Beh, se la metti così,» dice Cali, e porta le ginocchia al petto, avvolgendole con le braccia. Appoggia il mento sulle gambe. «Sinceramente, non avevo idea di come avresti reagito.»

Sembra così giovane, vulnerabile e combattuta.

E sono io il colpevole. Nessun altro l'ha ferita. L'ho fatto io, da solo. Non che lei sia innocente, ma se quello che mi sta dicendo è la verità, forse sono stato un po' più stronzo con lei di quanto meritasse.

«Il tuo lavoro non andrà da nessuna parte. Quando dovrai prendere il congedo di maternità, ce ne occuperemo. Abbiamo un po' di tempo fino ad allora,» dico, rassicurandola che il lavoro non sarà un problema.

«Bene,» dice, e le sue spalle si rilassano. Sembra così piccola e fragile.

La prendo in braccio, e lei inspira bruscamente, il suo corpo immobile e rigido.

«Rilassati,» ringhio nel suo orecchio. «Non mordo.»

Dopo qualche secondo, sembra rilassarsi, almeno un po'.

«Dobbiamo trovarti un ginecologo. Immagino che tu non abbia ancora un medico in città.»

Cali scuote silenziosamente la testa.

«Ti troveremo uno dei migliori medici. Sono sicuro che verificheranno anche la gravidanza,» dico.

Quali sono le probabilità che sia un falso positivo?

Sarei deluso se scoprissi che non è incinta e che tutto questo fosse un errore?

Le mie mani vagano su e giù per le sue braccia, cercando di tranquillizzarla. Sta tremando, e non riesco a capire se è colpa mia o dell'adrenalina per avermi dato la notizia.

«Parlami,» dico. «Dimmi cosa provi.»

«Nervosismo. Paura. Terrore.» Il suo sguardo non è su di me, e le prendo il mento con le dita, inclinandole la testa e costringendola a incontrare il mio sguardo. I suoi occhi blu sono più luminosi, più chiari, ma pieni di dubbi.

Non voglio che provi quel tipo di dubbio su di noi o con me. «Mi dispiace,» dico. «Mi rendo conto di essere stato duro con te.» La stringo più forte e appoggio la mia fronte contro la sua.

«Non è colpa tua.»

Rido sommessamente. «Lo apprezzo, ma non ho reso le cose facili, né per te né per noi.»

Non discute con me. Non ha motivo di farlo, perché sa che ho ragione. Cali si sposta leggermente, appoggiando la testa sul mio petto. La avvolgo con le braccia, coccolandola nell'abbraccio.

«Sei il mio capo,» sussurra contro il mio petto. «Questo sembra un problema.» Cali indica il suo ventre.

«Solo *se* lo rendiamo un problema.» Appoggio il mento sulla sua testa. «Stai portando mio figlio.» Espiro, cercando di assimilare quelle parole. Sembra surreale. «E comunque, tu lavori per Levi. Io sono solo il tipo a cui fai rapporto.»

Lei ridacchia e si strofina gli occhi.

Sta piangendo?

Il mio pollice scorre sulla sua guancia, cancellando i residui di lacrime. «Ti prometto che non renderò la tua vita un inferno.»

«Lo stai già facendo,» mormora Cali. Strofina il viso contro il mio petto. «Ti ricordi quella notte a New York?»

Mi irrigidisco al ricordo del colloquio e di me ubriaco quella sera. «Cosa intendi?»

Evidentemente, non avevo bevuto abbastanza da dimenticare completamente ciò che era accaduto, incluso averle detto che mi stavo innamorando di lei.

«Credevo davvero che mi avresti baciata nella mia stanza d'albergo.»

Le sue parole mi fanno rilassare. Pensavo che avrebbe tirato fuori quell'altra cosa che avevo detto. «Avrei dovuto baciarti, ma ero ubriaco e sarebbe stato sbagliato.»

«Non sei ubriaco adesso, vero?» chiede Cali, alzando lo sguardo di nuovo verso il mio.

«Non lo sono,» dico, fissando le sue perfette labbra rubino. Mi supplicano di divorarle. Ma mia figlia è nella stanza accanto con la sua amica. «Non possiamo metterci a pomiciare come adolescenti sul divano. Julianna è in casa.»

«Lo so, mi ha fatta entrare lei,» mi ricorda Cali.

«Cosa suggerisci di fare?» Vorrei portare questa piccola festa privata in camera da letto, ma non voglio forzare Cali. È stata una giornata intensa, scoprire che è incinta e che sarò di nuovo padre.

Appoggio la fronte contro la sua, respirando il suo profumo. Sa di lavanda e vaniglia. Mi serve tutto il mio autocontrollo per non fare scorrere la lingua lungo il suo collo e ascoltarla gemere mentre la eccito.

Cali allunga la mano verso i miei capelli, facendo scorrere le dita sul mio cuoio capelluto. Il suo tocco è sensuale e calmante, mi attira a baciarla.

C'è solo un limite di tempo per quanto posso mantenere questa farsa, fingendo di non voler divorare ogni centimetro di lei. E lo sto esaurendo rapidamente.

Il mio respiro si blocca quando Cali si sposta leggermente e si avvicina, i suoi seni che sfiorano il mio petto. Ringhio e premo forte le mie labbra contro le sue. Ho bisogno di lei come ho bisogno dell'aria per respirare.

Le sue labbra si schiudono, concedendomi l'accesso, e io prendo volentieri ciò che mi viene concesso.

È mia.

Il bacio si approfondisce e le mie dita si intrecciano nei suoi capelli, tirandola più forte, più vicina, più stretta. Per quanto io voglia spogliarla sul divano, ci sono due adolescenti a una stanza di distanza.

Mi tiro indietro e Cali geme in segno di protesta. Non voglio che pensi che il bacio sia finito e che io me ne sia pentito. In pochi secondi, la sollevo tra le mie braccia, portandola nella mia camera da letto.

«Posso camminare,» dice, e squittisce, colpendomi il braccio giocosamente.

«Vuoi dire che non sei inciampata sui tuoi piedi questa settimana?»

Mi fa la linguaccia, e io mi avvicino, cercando di catturarla. Le nostre lingue duellano e mentre la metto sul letto, mi arrampico sopra di lei, a cavalcioni sui suoi fianchi.

Cali geme, strusciando i suoi fianchi contro i miei.

«Rallenta, *dolcezza*,» dico. «Abbiamo tutta la notte.»

Le mie dita sfiorano l'orlo della sua maglietta, la tiro su e gliela sfilo, aiutandola a spogliarsi. Appena tolta, mi avvento su di lei, la mia bocca traccia un sentiero di baci caldi giù per il suo petto mentre guido le mani dietro la sua schiena, slacciandole il reggiseno.

Emette un leggero sospiro quando il tessuto scivola via e le mie labbra divorano il suo seno. Con un capezzolo in bocca, succhiando e baciando la sua carne, l'altra mano accarezza la sua pelle vellutata.

Le sue dita tirano su la mia maglietta, e si impiglia momentaneamente prima che io stacchi le labbra dal suo seno, sollevandomi da lei abbastanza a lungo per sbarazzarmi della maglia e poi dei pantaloni.

I miei boxer e le sue mutandine sono gli unici indumenti che ci rimangono addosso. E ho tutta l'intenzione di liberarla del suo intimo. Le mie labbra si muovono di nuovo sul suo ventre e le sue dita si intrecciano nei miei capelli mentre sussurro le mie dolci scuse.

«Mi dispiace tanto di averti incolpata per quello che è successo.» Non voglio più litigare con lei.

«Anche a me,» sussurra, allungandosi e tirandomi di nuovo verso il suo viso. «Volevo scusarmi. Ci ho provato, ma avrei dovuto insistere di più.»

«Sono stato testardo. Non credo che qualsiasi cosa tu avessi detto sarebbe penetrata in questo cranio di coccio.» Indico la mia testa.

«Non hai torto.» Cali si sporge in avanti, mordendomi il labbro inferiore, tirandolo tra i denti con un sorriso malizioso.

Ringhio mentre lascia la presa sul mio labbro. «Dannazione, ragazza, mi hai appena morso?»

Alza un sopracciglio. «Tu hai bloccato il mio numero, *Burbero della Montagna*-» Il sorriso sul suo viso mi stringe il cuore. Voglio essere quello che la rende felice, ogni giorno, per il resto della mia vita. Mi darà quel piacere e mi lascerà esserci per lei e per il nostro bambino?

«E ho imparato dai miei errori. Scusami, davvero,» dico.

«Bene. Lo spero.» C'è una certa impertinenza in lei. La stessa sfrontatezza che ha rivelato quando ci siamo incontrati la prima volta al negozio di souvenir.

Le mie labbra ricadono giù per il suo corpo, baciando un sentiero stuzzicante verso sud, e mi fermo sopra il suo ombelico, rendendomi conto con meraviglia di ciò che sta crescendo dentro di lei.

Il nostro bambino.

«Qualunque cosa accada, Cali, ci sarò per te e per il nostro bambino.» Ho bisogno che lei sappia che non la sto abbandonando o lasciando che le nostre differenze si mettano in mezzo a ciò che sta accadendo.

«E se non fossi incinta e il test avesse sbagliato?» I suoi occhi azzurro brillante mi guardano. «Cosa succederebbe allora?»

«Non smetterò mai di tenere a te,» dico. Non sono pronto a confessare che i miei sentimenti sono più profondi del semplice volerle bene. La parola *amore* mi sembra troppo pesante in questo momento, e spero che lei non se l'aspetti.

E sebbene sembri che davanti a noi abbiamo una montagna da scalare, lo faremo insieme. Non dobbiamo correre, non c'è un traguardo.

EPILOGUE

CALI

40esima Settimana di Gravidanza

Giuro che ucciderò Logan per avermi reso grande come un pallone, e non di quelli con l'elio che si vedono alle feste di compleanno. No, sono grande come una mongolfiera sul punto di scoppiare da un momento all'altro.

Quel momento è ora.

Mi si sono rotte le acque, e Logan mi sta portando alla piattaforma per elicotteri, perché l'ospedale più vicino è a due ore di distanza.

E lui insiste che dobbiamo avere il nostro bambino in ospedale, non a casa con un'ostetrica. Non vuole correre rischi o mettere in pericolo la vita del bambino o la mia.

Non discuto, ma le contrazioni sono un inferno.

Riuscirò ad arrivare in ospedale, o sto per partorire nel suo lussuoso elicottero privato? Non è una storia che vorrei raccontare quando nostro figlio sarà più grande.

Mi allaccia la cintura del sedile dell'elicottero. Logan è il pilota e mentre vorrei stringergli la mano e sentirlo lì per supporto, lui deve concentrarsi per portarci vivi in ospedale.

Il volo non è terribile come immaginavo, e poco dopo sto venendo portata in ospedale con una sedia a rotelle per far nascere il nostro maschietto.

«Ti odio,» dico a denti stretti a Logan. Le contrazioni sono a distanza di secondi, non minuti. Il dolore si irradia in ogni centimetro del mio corpo, e voglio che questo bambino esca fuori.

Lui prende la mia mano nel modo più gentile e rassicurante possibile, e io la stringo con tutta la mia forza mentre un'altra contrazione mi lacera.

«Non posso credere che mi hai convinta a fare tutto questo!» ringhio verso di lui.

Logan sa quando è meglio tacere, e in questo momento, sta cercando di contenersi. Che sia infastidito da me o si stia solo mordendo il labbro per trattenere qualche commento sarcastico, è meglio rimanere in silenzio.

Il dottore mi dice di spingere, e se pensavo che il dolore non potesse peggiorare, mi sbagliavo.

Sono esausta, e il nostro bambino non è ancora venuto al mondo. Come farò a gestire l'essere madre?

La preoccupazione invade la mia mente, e Logan stringe il mio palmo con entrambe le mani, la sua presa è forte. «Ce la puoi fare, *Sunshine*. Sei forte. Puoi farcela. Respira durante le contrazioni come abbiamo provato.»

«Come ho provato io,» gli rispondo bruscamente. Non posso controllare la rabbia che mi attraversa. È peggio della nostra prima lite. Tranne che questa volta, non lo penso davvero. E le lacrime scendono perché non voglio che lui mi odi.

Quando sono diventata un tale disastro?

Ah, giusto, la gravidanza.

Gli ormoni e il crescere un bambino dentro di te ti cambiano.

Vengo inondata dal sollievo quando il bambino finalmente nasce, tre chili e trecento grammi. Ha i capelli scuri di Logan e i miei occhi azzurro brillante. È sano e perfetto.

Decidiamo di chiamarlo Miles, perché Logan mi giura che percorrerebbe ogni miglio attraverso il mondo se io lo lasciassi di nuovo . In risposta, gli prometto che niente potrebbe mai mettersi tra noi o ostacolarci.

Non siamo sposati, non ancora. Alcune cose richiedono più tempo di altre. La nostra priorità è stata rafforzare la nostra relazione e assicurarci che Julianna si stia abituando al nuovo fratellino.

Mi sono trasferita nella suite attico alcuni mesi dopo l'annuncio della gravidanza. Avere una stanza tutta per me nel resort sembrava assurdo, e Logan voleva essere presente in ogni momento della gravidanza.

Lo volevo anch'io, con lui.

Lavoro ancora per la Luxenberg Enterprises e riferisco a Logan, il che sembra folle, ma Levi non ha problemi con questo finché siamo entrambi produttivi e il resort va bene. Inoltre, suppongo che il fatto che Levi e Logan siano soci in affari renda i problemi inesistenti. Logan tecnicamente non lavora per Levi.

E Jules finalmente potrà fare uno stage con me quando avrà finito la scuola questa estate. Penso che Levi potrebbe persino pagarla qualche dollaro per il lavoro, ma lei è più che entusiasta anche solo di imparare tutto ciò che faccio e aiutare a gestire i nostri account sui social media.

Il Blue Sky Resort sta andando benissimo. Siamo costantemente al completo durante i mesi invernali. Logan continua a parlare di ampliare il resort e di espanderlo.

Mi aspettavo che Logan comprasse un'auto per il sedicesimo compleanno di Julianna. Invece, ha allestito una sala giochi in una delle suite vuote al piano di sotto che richiede una keycard privata per entrare. Quando Julianna vuole invitare i suoi amici e cerca qualcosa da fare, specialmente in estate, la sala giochi viene molto utilizzata.

Ci sono videogiochi vecchia scuola come Pac-Man, una serie di giochi di corse arcade e persino una macchina a tenaglia che Logan ha riempito di peluche.

È letteralmente la sala giochi di Jules. Quella ragazza non sa quanto sia fortunata ad avere Logan come padre. E sono sicura che anche Miles sarà viziato allo stesso modo quando crescerà.

Logan riporta me e Miles a casa. Ha pensato a tutto, trasformando la camera degli ospiti in una nursery, ma abbiamo anche una culla sistemata nella camera padronale.

Sono sdraiata sul divano, mentre allatto Miles, quando Logan si siede accanto a me. Mi solleva le gambe, sedendosi sotto di esse prima di riappoggiare i miei piedi sul suo grembo. Le sue dita iniziano subito a massaggiarmi polpacci e piedi.

Quest'uomo è un sogno diventato realtà. Non so come possa essere stata così fortunata.

«Ti somiglia tantissimo,» dice Logan, ammirando suo figlio.

«Non so. Penso che assomigli molto a te,» sussurro

con un sorriso furtivo. Non voglio rischiare di svegliare Miles, visto che si è appena addormentato.

Gli faccio fare il ruttino, e Logan si offre di prenderlo e metterlo nella culla. Gli passo il bambino addormentato e mi appoggio allo schienale, lasciando che i miei occhi si chiudano. Sono esausta, ed è solo la prima settimana. Almeno in ospedale le infermiere erano di aiuto, ma ora il bambino dipende da me per sopravvivere.

Questo pensiero mi spaventa.

«Sta dormendo,» dice Logan, e ritorna subito sul divano, riprendendo la posizione di pochi minuti prima.

«Oh, bene.» Non posso fare a meno di sbadigliare. Non riesco a recuperare il sonno, e con un bambino appena nato, mi chiedo quando sarà la prossima volta che potrò dormire tutta la notte. Settimane? Mesi? Sembra scoraggiante.

«Stai bene?» Il tocco di Logan è delicato e rilassante mentre mi accarezza le gambe.

Annuisco e lascio che i miei occhi si chiudano. «Mi sento come se potessi dormire per una settimana.»

Immagino Logan sorridere, ma sono troppo stanca per aprire gli occhi.

«Anch'io,» dice con una risata sommessa. «Ma non c'è paragone, vinci tu.»

Lo spingo con le dita dei piedi. «Non è una competizione,» dico. «E grazie per non essertela presa con me in ospedale. Mi dispiace per tutte le cose terribili che ho detto durante il travaglio. È stato orribile.»

«Le cose che hai detto o il dolore?»

Apro gli occhi, e lui sta sorridendo.

«Entrambi,» dico. «Ti amo.» L'avevo sentito per mesi, ma non era qualcosa che avevo detto. Ho bisogno che lui sappia che nulla si metterà mai tra noi.

«Ti amo anch'io,» sussurra, e prende la coperta sul divano. «Dovresti riposare un po' mentre Miles dorme.» Mi copre, aiutandomi a mettermi comoda.

«Tocca a te cambiare il pannolino quando si sveglia,» mormoro tra uno sbadiglio e l'altro.

«Sarà un piacere.»

«Bugiardo.» Può anche offrirsi di cambiare il pannolino a Miles, ma so che non vuole farlo. Nessuno vuole cambiare il pannolino puzzolente di un bambino.

Logan scende dal divano e si china, premendo le sue labbra sulla mia fronte. «Per te, Cali, farei qualsiasi cosa.»

E so che lo farebbe davvero, proprio come io farei qualsiasi cosa per lui.

———

Grazie per aver letto Mountain Grump. Spero che la storia di Logan e Cali vi sia piaciuta. Continuate l'avventura con Bachelor Grump!

Tutti abbiamo avuto quella cotta da incubo, quello che ti fa venire voglia di buttarti dalla banchina davanti a un treno in arrivo.

La mia è il mio attraente vicino di casa che si è appena trasferito nel palazzo.

È celibe. E mentre è bellissimo e piacevole da guardare, la sua bocca dovrebbe restare chiusa.

È colpa mia. Mi ha invitata a uscire, e ho detto di sì, senza sapere che era un arrogante maleducato.

Mi piacerebbe dire che non lo rivedrò mai più, ma la situazione peggiora...

È anche il mio nuovo capo, e io sono la sua assistente. Si aspetta che io vada a prendergli il caffè, gli affetti le mele e ci metta sopra il burro d'arachidi. Se è intelligente, non metterà in bocca niente che io abbia toccato.

Non ho mai detto di essere gentile.

Ma il Signor Burbero è il capo stronzo per eccellenza.

Arrogante.

Esigente.

Manipolatore.

Immaginate la mia sorpresa quando scopro che ha una figlia.

Il Signor Burbero è un padre single. Povera lei.

L'AUTORE

Willow Fox ama la scrittura da quando ancora andava al liceo (molte ere fa). I suoi romanzi ambientati in provincia, riflettono la vita delle piccole città dell'America rurale.

Che stia scrivendo romanzi romantici o seduta all'aperto accanto al fuoco a leggere un buon libro, Willow adora le pagine colme di parole di scritte.

Sogna il colpo di fulmine e spera di riuscire a farlo scattare nei suoi lettori!

Visita il suo sito web:

https://shopwillowfox.com

ALTRO DA WILLOW FOX

Eagle Tactical Series

Svelato: Jaxson

Invisibile: Mason

Nascosto: Lincoln

Infiltrato: Jayden

Matrimoni Di Mafia

Voto Segreto

Voto Prigioniero

Voto Selvaggio

Voto Non Voluto

Voto Spietato

Fratelli Bratva

Boss Brutale

Boss Diabolico

Boss Possessivo

Boss Ossessivo

Boss Pericoloso

Padre Single Autoritario

Il Burbero Miliardario

Burbero di Montagna

Burbero Celibe